RÉVÉRENCE À LA VIE

Théodore Monod est né en 1902. Docteur en sciences naturelles, professeur honoraire au Muséum national d'histoire naturelle, membre de l'Institut de France (académie des sciences), de l'Académie de marine, et de plus de quarante autres sociétés scientifiques, françaises ou étrangères, directeur honoraire de l'Institut fondamental d'Afrique noire, Théodore Monod a signé dès 1921, date de son premier séjour en Mauritanie, puis de huit cents communications scientifiques.
Voyageur infatigable (plus de quatre-vingts missions menées au Sahara et sur l'ensemble du continent africain), zoologiste émérite, il développera également ses compétences en botanique, en géologie, en archéologie, en histoire, au hasard de ses expéditions. Il tirera de cette expérience des apports scientifiques et spirituels qui contribueront à donner un sens à sa vie.
Il a, par ailleurs, publié des ouvrages à destination du grand public tels que *Méharées* (1937 et 1989) ou *L'Emeraude des Garamantes, souvenirs d'un saharien* (1984 et 1992).
Grand officier de la Légion d'honneur, commandeur des Palmes académiques, Théodore Monod s'est éteint à la fin de l'année 2000.

Journaliste au *Nouvel Observateur*, directeur de collection et écrivain, Jean-Philippe de Tonnac est l'auteur d'une biographie de René Daumal.

Paru dans Le Livre de Poche :

ET SI L'AVENTURE HUMAINE DEVAIT ÉCHOUER

THÉODORE MONOD

Révérence à la vie

Conversations avec Jean-Philippe de Tonnac

GRASSET

AVANT-PROPOS

Les occasions de nous émouvoir ne manquent pas et pourtant rien ne nous a vraiment touchés. Ni les mises en garde répétées des hommes de science, des intellectuels, des militants de toute conviction à propos de la situation jugée préoccupante où nous ont jetés nos sociétés de consommation et de profit — ces monstres froids que nous servons avec tant de zèle ! — ; ni les mauvaises nouvelles dont se délectent nos quotidiens et qui sont le temps fort du journal de 20 heures, lorsque nous partageons ensemble ce grand festin de souffrance et de morts ; ni les menaces qui se rapprochent de nos cités, de nos maisons et bientôt de nos vies et qui nous laissent poursuivre, imperturbables, le même sillon, la même ornière comme les aveugles de Brueghel ; ni même le témoignage de ceux qui ont marché sur la terre, aventuriers d'un monde bientôt perdu, et qui répètent à l'envi notre devoir de protéger cette incroyable oasis échappée des ténèbres ; ni cette accumulation de faits, de preuves, d'images, de livres qui ajoutent encore et encore au poids de notre indifférence.

Comme un manteau de plomb sur nos épaules.

Pourquoi ne pas tendre la main, donner ce que nous avons en excès, marcher ensemble dans la rue, demander des comptes aux gouvernants, prendre les armes ? Pourquoi laissons-nous faire ? Et pourquoi l'espèce humaine disparaîtra-t-elle demain peut-être sans avoir quitté sa chaise, son lit, son ordinateur alors que les Cassandres maculaient partout l'horizon d'un noir épais, poisseux, sans étoile ? N'y a-t-il rien à faire et faut-il se résoudre à penser que les Français, que les Terriens dans l'ensemble, pour reprendre le mot de De Gaulle, sont des veaux ? Des veaux qui répéteraient après Hiroshima, après Tchernobyl : « Après nous le déluge ! »

A cette conclusion ce petit livre n'arrivera pas. Avec une lenteur exaspérante, l'*homo sapiens* s'hominise et gagne en conscience ce qu'il est censé perdre en barbarie. Au sortir de la nuit ancestrale, ce primate doué de raison découvre effaré l'étendue des dégâts qu'il a causés, la liste des crimes dont il s'est rendu responsable, la gravité des décisions qu'il a prises et qui hypothèquent son avenir. Et ce spectacle d'un jardin dévasté le bouleverse. Qu'un traitement semblable ait été infligé à cette planète errante autour de son étoile lui semble relever de la plus absolue méprise. Comment avons-nous pu salir ainsi l'avenir ? Comment me suis-je rendu à mon tour complice de cela ? Et cette prise de conscience qui intervient si tard, au moment où nos sociétés sont déjà otages du nucléaire pour les dizaines de milliers d'années prochains, appelle pourtant notre reconnaissance et nos espoirs.

Ces entretiens posent la question de l'engagement face aux grands périls qui, Quasimodos échappés du cerveau d'un créateur fou, dressent leur silhouette maléfique sur l'horizon. Comment s'éveille-t-on aux beautés incomparables de ce jardin bordé de nuit ? Comment éprouve-t-on l'urgence d'agir pour ceux qui souffrent ? Pouvons-nous être touchés ? Avons-nous le don des larmes ?

Théodore Monod et Jean-Philippe de Tonnac

Au cours de ces conversations, il a été souvent question d'un jeûne de protestation de quatre jours auquel devait participer Théodore Monod pour le 54ᵉ anniversaire d'Hiroshima et de Nagasaki. Pour la dix-huitième fois, une trentaine de personnes allaient se rassembler à Taverny (Val-d'Oise) devant le poste de commandement de l'armement nucléaire français pour manifester leur refus total et définitif de l'emploi de la bombe atomique et pour partager la souffrance des innombrables victimes japonaises qui, aujourd'hui encore, meurent des séquelles du bombardement des 6 et 9 août 1945.

Un jeûne à Taverny

Vous croyez à la vertu de l'exemple ?

Je ne voudrais pas qu'on puisse dire dans cinq cents ans qu'il n'existait aucune forme de protestation contre un Etat qui se glorifie de posséder l'arme atomique. Si on a l'occasion d'exprimer ses convictions, il ne faut pas s'en priver.

Le souvenir d'Hiroshima et de Nagasaki mobilise-t-il une foule considérable ?

Une trentaine de personnes chaque année. Ce nombre peut vous paraître dérisoire mais il n'entache en rien notre détermination et notre plaisir à nous retrouver tous les ans à Taverny. La bombe atomique est la seule arme qui attaque une population dans son devenir biologique et physiologique. A ma connaissance, les suites du bombardement d'Hiroshima et de Nagasaki des 6 et 9 août 1945 ne sont pas encore totalement évacuées. Il faut distinguer les personnes qui sont mortes sur le coup et celles qui sont mortes des suites de l'irradiation, parfois des années plus tard. On admet que le total des victimes s'élève à 140 000 pour Hiroshima et 80 000 pour Nagasaki.

Où puisez-vous la force de jeûner quatre jours ? Dans l'espérance ?

Mais il faudrait être 200 000 pour faire pression sur nos dirigeants, et pas une trentaine, non-violents de surcroît, et parfaitement courtois avec les militaires de Taverny !

Qui a eu l'idée de ce jeûne ?

Solange Fernex, la femme d'un médecin alsacien. Elle a eu l'idée de créer à Taverny, face au commandement des forces stratégiques françaises, la Maison de Vigilance, dans le but de surveiller les militaires.

Qui vous a parlé de cette action ?

Il me semble me souvenir que j'ai été contacté par les gens du MIR, le Mouvement International de la Réconciliation, des pacifistes d'inspiration chrétienne.

Sur 60 millions de Français, il n'existerait donc qu'une trentaine de personnes à se poser la question d'une éventuelle guerre nucléaire à l'échelle planétaire ?

Il est un fait que nous étions une trentaine de jeûneurs il y a dix-huit ans et que nous serons sans doute encore une trentaine cette année. La municipalité de Taverny nous prête sa salle des fêtes où nous campons pendant les quatre jours que dure le jeûne. Une fois par jour, nous nous rendons devant la base de Bessancourt, chacun exhibant une pancarte destinée à renseigner la population sur le sens de notre engagement. La mienne porte la mention : « La préparation d'un crime est déjà un crime. » D'un point de vue juridique en effet, si l'on peut prouver que vous avez participé à un assassinat, vous avez toutes les chances d'être inquiété. La fabrication des armes nucléaires et les essais nucléaires auxquels la France s'est livrée dans le Pacifique au mépris des peuples riverains constituent de toute évidence un crime. Au début, nous avions poussé l'audace jusqu'à nous rendre devant les grilles qui bordent le mess des officiers, à Taverny. Les militaires s'étant un peu affolés, les surveillants ont amené des chiens et mis en batterie une lance à eau. Il est facile a priori d'exterminer des non-violents ! Ce premier coup de semonce passé, ils ont compris que nous étions parfaitement inoffensifs et qu'ils n'avaient aucune raison de nous craindre. Les gendarmes viennent aujourd'hui nous pointer et nous photographier : pas pour les nécessités de leur enquête mais pour enrichir leur album de famille ! Puis nous regagnons silencieusement la salle des fêtes. En dehors de ces marches vers la base, nous nous réunissons plusieurs fois par jour en cercle pour parler et pour évoquer de nouvelles formes d'action. Pour ma part, j'aimerais qu'on chante davantage...

Qu'aimeriez-vous chanter ?

On pourrait chanter des negro spirituals... *Were you there when you crucified my Lord ?*, et *We shall overcome*. Une femme est venue une fois chanter des psaumes en hébreu.

Les militaires de Taverny vous reçoivent-ils ?

Le commandant de la base reçoit une délégation de quatre ou cinq personnes. Nous dissertons aimablement et nous nous séparons.

C'est une manière de rituel. Comment réagit le commandant de la base ?

Il s'en fout.

Votre action suscite-t-elle alors, d'une manière ou d'une autre, un intérêt ?

Les radios et les télévisions ont souvent « couvert » l'événement, comme on dit. Nous recevrons cette année encore des journalistes de la presse et de la télévision. Mais curieusement, peu d'entre eux s'étaient déplacés en août 1998. Je ne vois pas pour quelle raison...

Sans doute était-il difficile de passer de la coupe du monde de football au nucléaire ?

Vous croyez ?

Une chose est certaine : la France n'accueillera pas à nouveau cette épreuve avant longtemps.

Epreuve ! Vous ne croyez pas si bien dire.

Alors pourquoi, en dépit du soutien de la presse, votre action reste-t-elle si mal connue ?

Il ne s'agit pas d'une question de moyens. Je vous prie de croire que durant ces quatre jours, nous jeûnons mais nous ne chômons pas pour alerter les pouvoirs publics sur des problèmes qui nous préoccupent. Nous consacrons par exemple une bonne partie de notre temps libre à préparer des lettres au Président de la République, au Premier ministre, à l'OTAN, et aux ministères que ces questions peuvent concerner. Ça ne sert à rien, bien entendu, mais il faut le faire.

Vos enfants et petits-enfants vous ont-ils suivi à Taverny ?

Je ne fais pas de propagande auprès d'eux.

Jeûnez-vous vraiment pendant quatre jours ?

Il n'y a pas grand mérite à cela. Si le premier jour est souvent laborieux, les autres sont loin d'être désagréables. Nous ne mangeons pas mais nous buvons de l'eau. A partir d'une certaine durée dans un jeûne, il faut avoir quelque chose dans l'estomac. Le quatrième jour, nous rompons le jeûne par une soupe de légumes accompagnée de pain et de fromage. Il est un peu dommage d'arrêter au moment où l'organisme commence à apprécier ce régime.

Pourquoi avoir choisi cette forme d'engagement ?

Que proposeriez-vous ? Un joyeux pique-nique à la campagne ? Dans un pays glouton, le jeûne peut avoir un certain impact sur les consciences.

La preuve que non... pourquoi pas une grande fête, un concert, un festival...

Parce qu'il y a une petite difficulté à vaincre, une porte étroite qui, une fois franchie, laisse entendre votre détermination. C'est un blason qu'on arbore avec une certaine fierté. A Hiroshima, les enfants ou les petits-enfants de ceux qui ont été atteints par les radiations se rassemblent aussi chaque année. Peut-être que ce jeûne de trente personnes de Taverny les console-t-il un peu dans leur détresse... Je veux le croire. C'est l'Amérique de Truman qui porte la responsabilité entière de ce désastre. Selon un mythe bien vivace, les Américains auraient largué leurs bombes la mort dans l'âme et obtenu ainsi la reddition du Japon. On voudrait nous faire croire que les bombes lâchées sur les populations d'Hiroshima et de Nagasaki étaient la seule et dernière chance pour arrêter la guerre. En réalité, le Japon avait sans doute déjà perdu la guerre bien avant que les Américains ne décident de bombarder Hiroshima et Nagasaki. Avec l'occupation d'Okinawa le 18 juin, ils tenaient certainement déjà la victoire. Il semble qu'ils aient seulement voulu tester ces nouvelles armes et impressionner les Russes qui ne la possédaient pas : et dans cette hypothèse, le peuple japonais constituait un merveilleux cobaye. L'un des objectifs de notre jeûne est donc de dénoncer et de combattre ce mythe du bombardement de la dernière chance.

Comment avez-vous accueilli la nouvelle du bombardement ? Où étiez-vous le 6 août 1945 ?

Sans doute à Dakar où je dirigeais l'Institut français d'Afrique noire, l'IFAN. *Le Monde* avait titré : « Une grande révolution scientifique » ! La science a souvent trahi les espoirs des hommes.

Participez-vous à d'autres manifestations contre le nucléaire ?

Je me rendrai dans quelques jours à Kaysersberg, le village natal d'Albert Schweitzer où Solange Fernex, cette femme dont je vous ai parlé, organise un jeûne en mémoire de la catastrophe de Tchernobyl : imaginez une dalle de béton à plat sur la centrale, montant soudain dans le ciel et se fichant dans le sol, à la verticale ! Les militants ne manquent jamais d'enthousiasme pour multiplier les actions et tenter de sensibiliser leurs contemporains. Certains sont persuadés que leurs idées pourront un jour révolutionner le monde.

Avez-vous protesté contre la poursuite des essais nucléaires décidée par Jacques Chirac ?

Je vous rappelle que la France a dû renoncer à sa base de Reggane au Sahara, et installer en Polynésie, sur l'atoll de Mururoa, sa nouvelle base d'essais nucléaires à partir de mars 1966. Les tirs aériens programmés en vue d'obtenir la deuxième puis la troisième génération de la force de frappe entraînèrent les vives protestations de l'Australie, de la Nouvelle-Zélande et des pays de l'Amérique du Sud. En juin 1966, à la fin de la première campagne d'essais en Polynésie, je me souviens avoir porté avec Jean Rostand un sac de postier rempli de bulletins favorables « au renoncement de la France aux expériences atomiques et à l'affectation des crédits de la force de frappe à la construction de logements, d'hôpitaux et d'équipements collectifs prioritaires », à la présidence de la République. C'était il y a plus de trente ans !

Avez-vous fait meilleur accueil au projet du gouvernement d'engager la France dans le « tout-nucléaire » après la crise pétrolière ?

Bien sûr que non. Je me suis retrouvé avec Haroun Tazieff lors de la manifestation organisée en 1974 à l'annonce de l'édification à Creys-Malville du surgénérateur « Super-phénix ». Nous avons fait connaissance. Il se trouve que nous habitions l'un et l'autre l'Ile Saint-Louis et que nous étions voisins !

Si la menace est si lourde, pourquoi les Français donnent-ils l'impression d'être indifférents ?

Peu de gens savent où nous en sommes exactement. Nos gouvernants s'y entendent pour divertir le citoyen et l'empêcher de prendre ces sujets trop au sérieux. Télévision et cinéma sont des écrans derrière lesquels la réalité finit par avoir moins de saveur et de consistance que la fiction. La politique c'est aussi l'art d'endormir l'attention et la vigilance des citoyens.

Vos ouvrages sont vendus à des milliers d'exemplaires. Vos lecteurs savent très bien de quel bois vous vous chauffez !

Il y a un élan de sympathie évident à tel point que je passe aujourd'hui la plus grande partie de mon temps à dicter des réponses à des lettres qui me sont adressées — je ne vois en effet plus assez clair pour lire ou écrire. Mais cet engouement soudain est excessif et je ne crois pas qu'il corresponde à un désir de soutenir notre action contre le lobby nucléaire, contre les chasseurs, etc. Les causes ne manquent évidemment pas.

Comment peut-on en même temps lutter contre le lobby nucléaire et soutenir le ROC, le Rassemblement des Opposants à la Chasse, dont vous êtes même le président ? Les gens voient-ils l'unité de votre démarche ?

Je ne vois pas de contradiction entre le fait de s'opposer à la chasse et celui de protester contre l'emploi d'armes de destruction massive, comme l'arme nucléaire... Les menaces qui pèsent sur le monde ne cessent de s'accroître. Les épées de Damoclès se multiplient au-dessus de nos têtes. Parlons simplement de la bombe atomique. Les nations qui la possèdent dépensent sans compter afin de la perfectionner sans cesse. Comment en effet réussir à tuer encore plus de gens ? Tant que nous n'aurons pas obtenu l'interdiction non pas des essais nucléaires mais de la *possession* de la bombe, nous ne serons guère plus avancés. Cinq pays se vantent de l'avoir déjà, quand d'autres ne veulent pas avouer qu'ils l'ont, comme Israël et l'Afrique du Sud. Quant à ceux qui rêveraient de la détenir un jour, ils sont légion. Si ces Etats possédaient demain cette arme, cela leur conférerait une puissance mythique. On a calculé que l'Etat français avait dépensé près de 1 500 milliards de francs pour se doter de l'arme nucléaire : de quoi construire des logements pour tous les Français ! 1 500 milliards de francs, c'est donc ce que nous aura coûté la fantaisie du grand Charles. L'énergie nucléaire, dite pacifique, est-elle venue par hasard ? Non, mais de la volonté de la France d'avoir du plutonium, pour faire des bombes atomiques. L'origine de l'énergie nucléaire est donc impure dans son essence. Comment les Français ont-ils pu accepter que la France fasse, sans leur accord, le choix du « tout-nucléaire » ? Les a-t-on consultés ? Non bien sûr. C'est le fait du prince.

Mais ces nombreuses associations dont vous êtes membre ne cherchent-elles pas à informer les Français ?

Il y a de courtes victoires qui ne font au mieux que ralentir la marche d'un progrès aveugle. Certaines associations refusent aujourd'hui qu'on enfouisse les déchets nucléaires dans les communes choisies par le gouvernement. Leur action est ici très utile. Nous avons par exemple réussi à sauver la Loire, dernier fleuve sauvage d'Europe que les responsables d'EDF souhaitaient jalonner de barrages — de fortes quantités d'eau sont en effet nécessaires pour refroidir les cuves des centrales nucléaires. Le projet d'une centrale dans l'estuaire de la Loire a même été abandonné face aux protestations. Ces réactions d'hostilité ont même conduit certains scientifiques, comme le professeur Jean-Marie Pelt, responsable de l'Institut d'écologie européenne de Metz, à affirmer que « la France devrait consacrer les vingt prochaines années à sortir du nucléaire ». Le vent a donc tourné pour EDF, qui doit maintenant affronter deux difficultés incontournables. D'abord, et quoi qu'en disent ou n'en disent pas les journaux, la solution au problème de l'enfouissement des déchets nucléaires aujourd'hui stockés à l'usine de La Hague n'est pas encore trouvée. Les communes concernées refusent que l'on pratique sur leur territoire les fameux trous pour y enfouir ces encombrants déchets dont certains devront être surveillés... pendant des milliers d'années ! Mettez-vous à la place de ces gens ! Autre problème : le vieillissement des centrales prévues pour durer une trentaine d'années. Or les 56 centrales françaises — 56 !, vous vous rendez compte... — auront toutes soufflé demain leurs trente bougies et personne, à EDF, ne veut nous rassurer. Seront-elles encore utilisables sans danger ? Ou bien faut-il les recouvrir d'une montagne de béton de 500 mètres d'altitude ? Imaginez, 56 pyramides de béton dans le paysage français !

Peut-être que le vrai secret des pyramides égyptiennes, ce sont les centrales nucléaires cachées dessous !

Ah ! Ça pourrait être beau ! Figures géométriques savamment construites, reflétant le soleil et magnifiquement décorées. Et si on ne les recouvre pas de béton, pourra-t-on les démonter et les transporter loin des régions habitées ? On dit que pour démonter Super-phénix, il faudra dix années. C'est évidemment un coup très dur pour le lobby nucléaire français qui, depuis l'après-guerre, est très actif, toujours apte à mentir comme il le faut et quand il le faut. A croire que ces ingénieurs n'ont pas d'enfants, pas de postérité, pas de conscience ! C'est vrai qu'ici et là montent des protestations. Les associations se mobilisent pour empêcher ou retarder certains projets. Mais le jour où l'Etat décidera de multiplier le nombre des centrales par deux, personne ne pourra rien faire contre. Il faut simplement souhaiter que l'information que nous diffusons empêche les technocrates de répandre des mensonges dans l'opinion.

La tendance de ces associations est-elle de durcir le ton et d'engager une sorte de conflit avec le pouvoir ?

Voyez la puissance de Goliath !

De la même façon qu'on a pu parler d'un terrorisme de gauche, imaginez-vous un terrorisme vert ?

Nous sommes non-violents.

Mais si la menace monte d'un cran, si l'Etat prend une décision qui mette en péril, selon vous, l'avenir des citoyens, la violence ne se proposera-t-elle pas comme un ultime recours ?

Peut-être, mais il ne faut pas imaginer ces extrémités. Nous luttons comme nous le pouvons, publiquement, à mains nues, sans nous cacher.

Si les gens étaient mieux informés, vous croyez vraiment qu'ils réagiraient ?

Il n'est pas interdit d'espérer. Lorsqu'on me demande de parler de l'au-delà et compte tenu de mon âge, c'est une question qui doit m'intéresser, je réponds que je ne sais pas. Je n'ai donc rien le droit d'affirmer. En revanche j'ai le droit d'espérer. L'espérance est une fonction très spéciale et personne ne peut me l'enlever. J'ai donc le droit d'espérer que les hommes prennent demain la mesure des dangers qui viennent menacer l'espèce humaine dans son devenir. A moins qu'ils ne choisissent de se détruire par excès de stupidité ou d'imprudence. L'espèce humaine disparaîtrait comme autrefois les dinosaures ou les ammonites ont disparu et céderait discrètement la place au groupe suivant.

Un embrasement nucléaire n'est en aucune façon une sortie discrète...

Si l'homme voulait détruire une des planètes du système solaire, il le pourrait maintenant ! Il est tout de même maléfique, ce bonhomme ! Mais où irait-il en cas de catastrophe nucléaire, s'est-il seulement posé la question ? Bien sûr que non, et chaque Etat continue à augmenter et perfectionner son arsenal atomique.

Comment faites-vous pour conjuguer pessimisme et espérance ?

Le prophète Isaïe nous montre la voie en prophétisant que « le loup habitera avec l'agneau ». Ce n'est évidemment pas pour demain, ni pour le prochain millénaire, je vous l'accorde, car cette réconciliation qui intervient entre les hommes s'étend, chez Isaïe, à l'ensemble des êtres vivants. Il y a même ce fameux verset sur le lion où il est dit qu'il mangera de la paille comme le bœuf. Je sais très bien que ce n'est pas le cas aujourd'hui. Le lion mange des antilopes, des zèbres mais pas de la paille.

En attendant, les Etats se bousculent pour se doter de l'arme suprême. Même l'Inde, la patrie de la non-violence, a succombé à ce fantasme...

Si Gandhi n'avait pas été brûlé, il se retournerait dans sa tombe.

Vous avez suivi son aventure ?

Gandhi a été l'un des principaux protagonistes de la non-violence dans ce siècle. Son action a naturellement influencé certains d'entre nous et rappelé les chrétiens à l'idéal évangélique. Je me souviens avoir passé quelques heures dans un car de police au côté de Lanza del Vasto, autrement dit Shantidas, ainsi que Gandhi l'avait surnommé. Il avait été blessé à la tête. Nous étions allés nous asseoir par terre à la porte de Vincennes pour protester contre un camp de concentration en Algérie. Et nous avions été brutalement poussés dans des camions... J'étais assis entre Lanza del Vasto, le fondateur de l'Arche, et Louis Massignon, admirable mystique. C'est lui qui, durant la guerre d'Algérie, nous invitait à un jeûne entre musulmans et chrétiens. Je continue à faire ce jeûne tous les vendredis.

Vous jeûnez comme vous respirez...

Le jeûne est légitime dans un pays où l'habitude est de trop manger. On est gavé. C'est une bonne hygiène pour ceux qui peuvent le faire. C'est une déclaration, un drapeau qu'on sort et qu'on montre.

quelques heures dans un bar de policier [illegible]

[illegible] que Candide avait [illegible]

[illegible]

Une vocation contrariée

Dans Après la journée[1], *son autobiographie, votre père écrit : « Le mystère d'une vocation est lié au mystère d'une éducation. » Ne vous reconnaissez-vous pas aussi dans ces lignes ?*

Certaines destinées portent la marque de la rupture. J'ai cité quelque part le cas de Charles de Foucauld. Dans mon cas, je n'ai jamais remis en question un certain type d'éducation que mes parents m'ont donné.

Votre père était pasteur. A-t-il exercé une grande influence sur vous ?

C'est dans ce foyer pastoral que j'ai découvert que la dimension spirituelle du christianisme était inséparable de sa dimension sociale. La foi chrétienne n'est

1. Wilfred Monod, *Après la journée, Souvenirs et visions, 1867 1937*, Grasset, 1938.

pas désincarnée, c'est l'enseignement principal que mon père m'a légué. Il a eu une influence considérable et pas seulement sur moi. A l'Oratoire du Louvre, rue Saint-Honoré où il avait été nommé en 1907, on parle encore de lui.

Vous éprouviez une grande admiration pour lui ?

Naturellement. Il était d'un caractère toujours joyeux ; il ne me semble pas l'avoir entendu élever la voix une seule fois. Ma mère nous disait que nous avions un père et deux mères en ce sens que notre père était une seconde mère pour nous. Il a laissé une œuvre considérable et fort mal connue et, dans l'ensemble, ses vues en font l'un des théologiens les plus audacieux de son temps et notamment sur la question de la souffrance animale. Il a sans doute eu raison trop tôt.

Vous alliez l'écouter à l'Oratoire le dimanche ?

Chaque fois qu'il prêchait, bien sûr. D'illustres prédécesseurs comme Bossuet avaient prêché avant lui. La mise en retraite de mon père datant du début de la guerre — il est mort en 1943 — il n'y a pas eu un Monod en chaire depuis cette époque. Récemment, cependant, j'ai eu le grand privilège d'entendre mon fils Ambroise y prêcher à son tour. Je ne vous cache pas que cela m'a procuré une très vive émotion. Il y avait cependant davantage de monde à l'Oratoire du temps de mon père qu'aujourd'hui. Même les tribunes étaient alors occupées.

En quoi le christianisme que pratiquait votre père avait-il une dimension sociale ?

On peut définir le christianisme social comme une tentative d'appliquer dans la société l'idéal évangélique : plus de justice, d'équité, de liberté. Mon père s'étonnait de ce qu'il y ait avec le christianisme un messie sans messianisme, et avec le socialisme, un messianisme sans messie. Il espérait que ces deux courants finiraient par se rejoindre. Il avait vécu dans un milieu bourgeois et n'avait découvert la condition ouvrière qu'à Condé-sur-Noireau, en Normandie, où il avait été nommé : c'était un centre d'industrie cotonnière, « ravagé d'alcool ». Il a connu du même coup le patronat de droit divin, le prolétariat, les grèves, l'alcoolisme... Il est entré plus tard à la Croix Bleue comme membre solidaire.

Qu'est-ce que la Croix Bleue ?

C'est une association qui se propose de venir en aide aux victimes de l'alcoolisme. Le traitement repose sur le système des engagements : on demande aux malheureux de s'engager sur une période d'abstinence déterminée. Une heure, une demi-journée, une semaine... Un engagement respecté est le signe que la personne est déjà dans la voie de la guérison et qu'il faut l'aider. Mes parents avaient donc pris conscience de ce fléau à Condé-sur-Noireau. C'était la première paroisse de mon père. Mais c'est à Rouen, sa deuxième paroisse, qu'ils ont, sous l'influence du pasteur Jean Bianquis, adhéré à la Croix Bleue.

Etes-vous membre de la Croix Bleue ?

J'ai adhéré dans ma jeunesse.

Pourquoi ?

Pour porter secours aux malheureux. En tant que membre solidaire, vous deviez vous tenir à un certain engagement auquel vous souscriviez en entrant. C'était une façon de montrer le bon exemple. Je me suis donc engagé à dix-sept ans à ne jamais boire d'alcool de ma vie.

De toute votre vie ? Pourquoi cet engagement définitif ?

J'ai pensé que cela m'épargnerait bien des tentations. L'affaire était réglée une fois pour toutes. A partir d'une certaine date, mon père aussi s'est abstenu. C'était peut-être aussi une manière de se mettre du côté des malades, de compatir à leur souffrance, de les épauler. Ils ont d'autant plus besoin de soutien que l'Etat, grand pourvoyeur de drogues, fait en sorte de les faire retomber à peine se sont-ils un peu redressés.

Vous n'avez donc jamais bu depuis une goutte d'alcool ?

Je n'ai jamais bu de ma vie. Une fois qu'on a pris une décision, il faut s'y tenir.

Y a-t-il à nouveau une volonté de servir d'exemple ?

Dans une certaine mesure, peut-être, mais jamais de façon ostentatoire. En tant que chrétien, naturellement, j'aurais préféré que Jésus changeât le vin en eau plutôt que le contraire !

Quel rôle votre mère a-t-elle joué dans votre éducation ?

Ma mère a eu aussi une grande influence sur nous. Elle était un mélange de tendresse évangélique et de raideur cornélienne. Mon père avait épousé une cousine germaine, fille et arrière-petite-fille de pasteur.

Vous avez toujours eu l'image d'un père impliqué dans la vie de la cité ?

Il s'est même engagé au Parti socialiste, ce qui était très courageux pour un pasteur de l'époque. Je me suis inscrit moi-même à la SFIO à l'âge de dix-neuf ans et je suis toujours resté proche du Parti socialiste. Mais j'avoue que ces conciliabules tenus dans des tabagies d'arrière-boutiques ne me convenaient pas trop. Mon départ pour l'Afrique a aussi été une bonne raison de m'en éloigner. Je croyais comme mon père à la possibilité de voir converger un jour humanisme, socialisme et idéal évangélique.

Vous étiez très idéaliste en ce temps-là ?

Bien sûr. Puis on s'aperçoit que les idées ne changent pas le monde. Si on est chrétien, il est préférable alors de chercher à mettre pour soi-même l'Evangile en actes.

Il ne vous restait donc plus qu'à être pasteur comme votre père...

En 1918, titulaire de mon baccalauréat, j'ai hésité entre la vocation de pasteur et celle de naturaliste. Je me suis finalement inscrit en licence de sciences naturelles à la Sorbonne, convaincu que je reviendrais tôt ou tard à la théologie. Je n'en ai rien fait, puisque j'ai été nommé assistant au Muséum d'histoire naturelle à la chaire des Pêches et productions coloniales d'origine animale quelques années plus tard, poste qui a décidé de toute ma carrière scientifique et préparé ma rencontre avec le désert.

Vous avez écrit que vous auriez pu vous « consacrer au bien, au sens large du mot, et à la vie spirituelle, plutôt qu'à compter des poils de crustacés, des arêtes de poissons ou des kilomètres de dunes ». Avez-vous des regrets ?

Je me le suis demandé à l'époque et je m'interroge encore aujourd'hui : aurais-je fait un bon pasteur ? Ce n'est pas certain. Un pasteur est en contact permanent avec les gens de sa paroisse, il leur est dévoué corps et âme, et sans doute suis-je trop renfermé et trop silencieux pour accomplir une semblable tâche. Il y a un autre problème. Dans les ménages pastoraux, lorsqu'il y a mariage endogamique, l'épouse sait tout à fait à quoi elle s'engage et s'efforce de seconder l'activité de son mari. Dans mon cas, on peut se demander si la personne que j'ai épousée aurait pu trouver sa place à l'intérieur de la paroisse qui eût été la mienne.

Pensez-vous que votre épouse, née Olga Pickova dans une famille juive de Bohême au début du siècle, n'aurait pas pu être une femme de pasteur ?

Lorsqu'elle m'accompagnait à l'Oratoire, je crois qu'elle ne désapprouvait pas ce qu'elle entendait... Mais bien évidemment ce ne sont pas là les raisons que j'ai invoquées à l'époque pour choisir les sciences naturelles ou, plutôt, pour ne pas choisir la vocation pastorale. J'étais simplement exalté par ce monde des sciences naturelles que je découvrais, passionné par mes études et je n'ai pas pu m'arrêter. Insensiblement et de façon quasi automatique, je me suis trouvé pris dans l'engrenage d'une « carrière » à laquelle ma curiosité me prédisposait. Les choses se font souvent à l'insu du principal intéressé, vous savez. Je ne sais pas dans quelle mesure on est responsable.

« Je ne me consolerai jamais jusqu'à la mort de n'avoir pas su devenir l'héritier spirituel de mon père », écrivez-vous, « et de l'avoir laissé sans postérité dans ce domaine-là, trahissant ma race, une race qui saura se venger de mon infidélité. »

J'ai écrit cela ?

Le 10 décembre 1928. Vous n'êtes pas devenu pasteur, mais êtes-vous resté protestant ?

Etre « protestant » ce n'est pas « protester », je vous rassure. Le mot vient du latin « affirmer ». *Protestati sumus,* c'est-à-dire « nous affirmons que », est la déclaration de la première profession de foi protestante. Affirmer et non pas protester. Mais cet état d'indécision et de doute s'est prolongé assez longtemps, je le concède. J'ai même songé, à une certaine époque, à devenir médecin missionnaire pour me mettre au service des missions protestantes en Afrique.

Pourquoi ? Pour vous rendre utile ?

C'était une façon d'obéir à la première impulsion qui avait été la mienne. J'aurais dû alors renoncer définitivement à travailler dans le domaine des sciences naturelles.

Vous aviez le sentiment de l'inutilité de votre démarche de naturaliste ?

Inutilité, non ! Il y avait le bonheur de chercher, de trouver, d'étudier des formes nouvelles, de collaborer à l'accroissement des connaissances, d'ajouter des pierres et d'élever un tant soit peu le grand mur de la science.

Mais vous ne soulagiez pas la souffrance des autres.

Naturellement, c'était très égoïste. Tout cela procède de ce qu'il y a de plus mystérieux en nous. Je n'ai pas tenu de journal intime à cette époque, mais sans doute les lettres que j'adressais à Olga avant qu'elle ne me rejoigne en Afrique en tenaient-elles lieu. Nous avons décidé un jour de les brûler. Nous considérions que ces lettres ne concernaient que nous. Tout cela a été purifié par le feu. C'est un symbole...

Y a-t-il eu des moments où vous avez songé sérieusement à remettre en question le choix que vous aviez fait pour vous tourner vers la religion ?

Je ne crois pas. Jamais sérieusement. J'avais une carrière, j'étais fonctionnaire et passionné par ce que je faisais. Je n'ai pas songé à repartir de zéro si c'est ce que vous me demandez. Ça n'aurait pas été facile d'ailleurs. J'ai eu deux, puis trois enfants. Dans quelle mesure aurais-je pu retourner vers les études et devenir un étudiant en théologie ? Et puis en 1926, j'avais soutenu ma thèse sur un groupe d'isopodes appelés les *Gnathiidae* et plus particulièrement sur la *Paragnathia formica,* un minuscule crustacé que j'avais découvert lors d'un stage à la station biologique de Roscoff, sur les rives d'une petite rivière, la Penzé. Il était difficile de faire machine arrière.

Lorsque vous jetez un regard sur la longueur de votre vie, avez-vous le sentiment que vous auriez été plus utile en reprenant le flambeau des mains de votre père ?

Je vous défie de le savoir. Ce n'est pas à moi de juger. Ce qui est fait consciencieusement est utile. J'ai passé ma vie à faire ce que j'avais envie de faire et seulement cela. Je conviens que c'est tout à fait scandaleux ! Il y a tellement de gens obligés de faire un métier qui ne les intéresse pas ! Faire ce qu'on aime sa vie durant et être en plus rétribué pour cela est proprement insolent. C'est mon cas, mais c'est aussi celui de tous les fonctionnaires du Muséum d'histoire naturelle.

On vous a payé aussi pour aller vous promener dans le désert !

Cela faisait partie de mes attributions de directeur de l'Institut français d'Afrique noire.

Votre cas s'aggrave encore.

Lorsqu'on fera le solde, je ne saurai pas où me cacher. J'ai parfois la faiblesse de penser que ce n'est peut-être pas si mal. Si certaines régions du désert saharien sont mieux connues aujourd'hui, c'est en partie grâce aux traversées au long cours que j'y ai faites, aux risques que j'ai pris pour m'aventurer dans ces terra incognita, aux informations que j'en ai rapportées et que j'ai publiées.

Renonçant au pastorat, comment s'est exprimée votre foi protestante ?

Par une pratique assidue de la Bible. La découverte des différents livres qui composent l'Ancien et le Nouveau Testament se fait, chez les protestants, de manière organisée à partir de l'enfance.

Votre père lui-même a évoqué cette première rencontre avec le livre saint : « Lors du septième anniversaire de ma naissance, écrit-il, mon père m'offrit un modeste exemplaire de la Bible (...) et me dit : "Le chiffre VII, pour les Israélites, était sacré ; te voilà parvenu à l'âge de raison. Désormais, tu liras chaque jour un passage du Livre inspiré, en priant Dieu de t'éclairer par son Esprit." » Cette lecture se fait-elle seul ou en famille ?

Certaines se faisaient seul dans ma chambre et d'autres en famille, dans la salle à manger. Nous commencions la journée en chantant tous ensemble au petit déjeuner, mes parents et leurs trois enfants. Mon père lisait un passage du Livre et nous priions. A cinq ans, je suis entré à l'école du dimanche qui se tenait dans la chambre haute de l'Oratoire, puis j'ai suivi l'enseignement que dispense aujourd'hui l'école biblique qui se tient le mercredi.

Y a-t-il des textes que vous appréciiez particulièrement ?

Une fois qu'on savait de quoi était à peu près constituée cette bibliothèque, car la

Bible est une bibliothèque de livres de nature très disparate, on faisait le choix de lire tel ou tel passage en fonction de ses affinités. Je ne faisais pas, par exemple, un usage immodéré du Lévitique qui est, d'un certain point de vue, un manuel de boucherie rituelle. Il y a encore des juifs aujourd'hui qui voudraient reconstruire un temple et remettre à l'honneur les sacrifices. Tout ça est périmé.

Le personnage de Jésus vous touchait-il ?

Le rabbi Yehochoua ben Youssef de Galilée, je comprends ! Je ne sais pas pourquoi on croit que Jésus est né à Bethléem. Pour des raisons allégoriques sans doute. L'évangile de l'enfance du rabbi — qui n'est connu que de Matthieu et de Luc — se compose en réalité de trois récits plus ou moins habilement réunis : deux récits hébraïques concernant la naissance à Bethléem et la rencontre avec Jean-Baptiste et un récit hellénistique se rapportant à la naissance miraculeuse du rabbi exigée par la piété populaire. On ne pouvait imaginer, il y a deux mille ans, qu'un grand personnage soit né comme tout le monde ! Ni Bouddha ni Alexandre le Grand n'ont connu de naissance ordinaire.

Croyez-vous à la figure du Christ telle qu'elle se dégage des textes évangéliques ?

On admet que les auteurs des Evangiles synoptiques ont eu accès à des sources communes. Claude Tresmontant, l'auteur du *Christ hébreu*, pensait par exemple que les Evangiles étaient la copie de calepins qu'auraient tenus les gens de l'époque. C'est un peu difficile à admettre. Une trentaine d'années séparent tout de même la mort de Jésus de la rédaction du premier Evangile, celui de Marc. Et sans doute faudrait-il également, pour compléter notre portrait du rabbi, puiser aussi dans les Evangiles apocryphes.

Quel est cet idéal qui se dégage des quatre Evangiles et que vous avez cherché à mettre en acte, à faire vôtre ?

Il faut distinguer cet idéal de la thaumaturgie que la superstition populaire a imposée aux rédacteurs des Evangiles. Vous connaissez la formule célèbre que je fais mienne : « Je ne crois pas à cause des miracles, mais malgré les miracles. » Il convient naturellement de distinguer les miracles des guérisons psychologiques. Je voudrais pour ma part que l'on publie un Nouveau Testament en imprimant tout ce qui concerne cette dimension miraculeuse ou thaumaturgique de la vie du rabbi dans une couleur et tout ce qui a trait au message proprement dit dans une autre.

Vous vous méfiez des miracles ?

Ecoutez les catholiques répéter « Je vous salue Marie mère de Dieu » tous les jours à la messe ! Qualifier cette mère de famille galiléenne de mère de Dieu, *Theotokos*, ça ne vous paraît pas un peu gros, tout de même ? Vous pouvez vous satisfaire des miracles du rabbi seulement si vous croyez à sa divinité, ce qui n'est pas mon cas, ni le sien ! Il ne s'y attendait pas, le malheureux ! Par bonheur il n'en a rien su. Il n'était pas présent aux conciles de Nicée et de Constantinople, en 325 et 381, lorsque les Pères grecs ont décidé qu'ils adoreraient désormais un seul Dieu mais en trois personnes, le Père, le Fils et le Saint-Esprit. De notre rabbi, ils ont dit qu'il était « Dieu né de Dieu, lumière, née de la lumière, vrai Dieu, né du vrai Dieu, engendré et non pas créé, de même nature que le Père ». Ils entendaient cristalliser pour l'éternité une définition de la croyance chrétienne : mais tout est en mouvement, tout change sans cesse ! Une école théologique américaine fondée par le mathématicien et élève du philosophe Bertrand Russell, Alfred North Whitehead, affirme au contraire que la théologie doit être « in process », « en évolution », qu'elle ne peut se trouver liée pour l'éternité à un cosmos immobile et précopernicien, ni à Aristote, ni même à la lettre des Ecritures.

Comment les Pères de l'Eglise ont-ils pu se livrer à de telles acrobaties théologiques ?

La Trinité nicéenne procède de plusieurs siècles de dialectique grecque et de discussions rabbiniques. On imagine ces patriarches débattant des heures entières à propos de la nature du rabbi, se demandant si le Saint-Esprit « procède du Père », etc. Ils ont dû bien s'amuser !

Vous n'avez pas besoin que le rabbi Yehochoua soit le fils de Dieu ?

Fils de Dieu, c'est une formule. Il revendiquait lui-même cette parenté symbolique avec la transcendance. Je n'y vois aucun mal. Mais cela n'implique en aucune manière la Trinité nicéenne.

Pourquoi la Trinité, en effet ?

Sous l'effet de la pression populaire. Il faut se rappeler qu'il existait un fort courant hérétique se réclamant des idées du prêtre Arius qui, lui, niait la divinité du Christ. L'arianisme avait pris une importance considérable en Europe avec la conversion des Goths, des Wisigoths et des Vandales. Nous ne possédons plus les textes liturgiques des Ariens et j'avoue que j'aurais bien aimé les parcourir. On ne possède pas non plus les textes des Cathares. L'Eglise a tout fait disparaître !

Mais comment comprenez-vous ces passages de l'Evangile qui concernent la résurrection de Jésus ?

Il s'est passé quelque chose à Pâques qui a rendu l'espérance à ces hommes que la crucifixion de leur maître avait dû plonger dans un profond désespoir. Tout cela est très mystérieux, j'en conviens. Personne n'a vu le rabbi sortir du tombeau. Dans l'état où il était, il n'aurait pu poser ses pieds sur le sol.

La petite communauté judéo-chrétienne aurait-elle pu inventer ce miracle pour rendre plus crédible le message du rabbi ?

Les musulmans ne croient pas que Jésus ait été crucifié. Ils pensent qu'on a substitué au dernier moment quelqu'un au rabbi.

Le malheureux Simon de Cyrène à qui les Romains avaient demandé d'aider Jésus à porter sa croix ?

Drôle de façon de le récompenser !

Les protestants ont-ils un rapport difficile avec les Pères de l'Eglise ?

Non. Ils connaissent les deux grandes Patrologies grecque et latine de l'abbé Migne représentant deux cents volumes chacune et réunissant la plupart des textes des Pères de l'Eglise.

Comment regarder ces sommes théologiques ?

Avec respect, comme des cathédrales de la pensée. Les Pères disaient ce qu'ils savaient mais, à la vérité, ils ne savaient pas grand-chose. Ils connaissaient le texte de la Bible dans sa traduction grecque, la Septante. C'est tout. C'étaient certainement de braves types qui ne pouvaient avoir évidemment aucune idée sur l'évolution ou sur l'âge de la Terre.

Regardez-vous l'Evangile comme l'expression et l'héritage du judaïsme ancien ?

Il est le prolongement de l'Ancien Testament, assurément, mais sans doute pas de tout l'Ancien Testament. Il faut distinguer. Le Livre des Juges n'a pas grand-chose à voir avec l'idéal prôné par le rabbi Yehochoua ! C'est un texte qui témoigne d'une sauvagerie complète et doit dater encore de l'âge du bronze.

N'y avait-il pas quelque relent d'antisémitisme dans les positions de Luther ?

C'était un être grossier, mal élevé, et, à l'évidence, ce n'était pas un saint.

Les protestants ont-ils dépassé cela ?

Ils essaient.

Avez-vous tenté d'apprendre l'hébreu ?

Pour lire la Bible dans le texte, bien entendu. Mais nous disposons à présent de traductions remarquables, la Traduction Œcuménique de la Bible, la TOB, celle de l'Ecole Biblique de Jérusalem, celle de Chouraqui, etc. Les protestants utilisent principalement celle de Louis Segond qui était pasteur.

Revenons à cet idéal dont vous ne cessez de vous réclamer. Comment le définiriez-vous ?

Il est exprimé dans le sermon sur la montagne dans Matthieu. Il ne fait nul doute à mes yeux que les huit Béatitudes sont le cœur de son enseignement.

Vous connaissez ces Béatitudes par cœur ?

Je les récite en grec tous les jours depuis 1922. « Heureux les pauvres en esprit, car le royaume des cieux est à eux ! Heureux les affligés, car ils seront consolés ! Heureux les débonnaires, car ils hériteront la Terre ! Heureux ceux qui ont faim et soif de la justice, car ils seront rassasiés ! Heureux les miséricordieux, car ils obtiendront miséricorde ! Heureux ceux qui ont le cœur pur, car ils verront Dieu ! Heureux ceux qui procurent la paix, car ils seront appelés fils de Dieu ! Heureux ceux qui sont persécutés pour la justice, car le royaume des cieux est à eux. » Je cite la traduction de Segond. Ce message s'adresse à ceux qui sont le plus mal lotis sur la terre, les pauvres, les malheureux. D'une façon générale, le message du rabbi concerne avant tout ceux que nous appelons aujourd'hui les exclus. Le rabbi ne rechignait pas à côtoyer toutes sortes de gens et quelle que fût leur réputation auprès des Juifs de l'époque. Pour ne citer que Matthieu, disciple de Jésus et auteur de l'un des Evangiles, c'était un collecteur de taxes à la solde des Romains, et donc une sorte de collabo...

A-t-on une idée de ce que les Romains étaient venus faire en Judée ?

Certains historiens expliquent que les Romains avaient conquis la Palestine pour avoir le contrôle de la mer Morte d'où ils pouvaient extraire le sel. L'Antiquité faisait, semble-t-il, une énorme consommation de sel pour la conservation du hareng. Le fait que les salines de la mer du Nord se soient trouvées soudain inaccessibles, pour des raisons que nous ignorons, aurait donc incité les Romains à s'emparer des contrées riveraines de la mer Morte.

Le texte des Béatitudes est-il identique chez Matthieu et chez Luc ?

Luc parle seulement des « pauvres » au sens littéral du mot. « Heureux vous qui êtes pauvres, car le royaume de Dieu est à vous ! Heureux vous qui avez faim maintenant, car vous serez rassasiés ! Heureux vous qui pleurez maintenant, car vous serez dans la joie ! Heureux serez-vous, lorsque les hommes vous haïront, lorsqu'on vous chassera, vous outragera, et qu'on rejettera votre nom comme infâme, à cause du Fils de l'Homme. » Le message apparaît donc plus « social » chez Luc et donc plus radical, plus abrupt. Je me souviens d'un jeune protestant parti en Russie qui était mort au cours de son voyage. « Je ne sais quelle idée m'a pris de relire l'Evangile, écrivait-il. Je l'ai reçu en plein visage comme un retour de flamme. » C'est un témoignage, ça, tout de même !

Vous avez dit que vous récitez ces Béatitudes depuis l'année 1922. Pourquoi cette date ?

Elle correspond à la date de la création du tiers-ordre des Veilleurs. Mon père imaginait qu'un cercle d'anciens catéchumènes pourrait devenir le noyau d'un « tiers-ordre » laïque à l'intérieur duquel pourraient s'élaborer les principes d'une morale sociale nouvelle. Il voulait nous encourager à créer un « corps de volontaires » s'engageant à rompre avec certains usages, modes et conventions afin que progressent dans la vie sociale les valeurs inspirées de l'Evangile. Il se trouve que cette proposition m'avait touché et que j'avais remis à mon père un texte d'engagement destiné à réformer ma vie vers l'idéal d'un « Tiers-Ordre » protestant. C'est à partir de ce texte que mon père a défini les règles de cette communauté des Veilleurs. Les huit Béatitudes devaient être « la charte de la vie chrétienne en société ».

On sent se dessiner à travers ce tiers-ordre des Veilleurs une certaine aspiration monastique ?

Il est certain que les Veilleurs cherchaient à vivre dans la vie séculière l'idéal des ordres monastiques. Le monachisme est en effet absent du protestantisme. Notre projet était de vivre la vie ordinaire de façon extraordinaire. La devise des Veilleurs était et reste : « Joie, Simplicité, Miséricorde ».

Vous en parlez au présent...

— J'appartiens toujours à la fraternité spirituelle « Les Veilleurs ».

L'éducation reçue de votre famille pastorale fut complétée par ce que vous appelez « le baptême du désert ». Le choix du désert ne participe-t-il pas aussi d'une certaine tentation monastique ?...

J'ai dit de l'Adrar mauritanien — que j'ai parcouru en tous sens — qu'il avait été mon diocèse.

Plus qu'un diocèse, un cloître...

La vie quotidienne et professionnelle nous détournant sans cesse d'un véritable dialogue avec nous-mêmes, le désert est sans doute le lieu par excellence de la « rencontre ». Les premiers ermites qui fuyaient Alexandrie ne s'y sont pas trompés. Sans doute le désert a-t-il représenté pour moi, à certaines heures de ma vie, une forme de clôture ou de cloître...

Vous avez été tenté par ce retrait du monde ?

J'avais même créé au sein des Veilleurs un ordre religieux, Ordo Fratrum vigilentium, l'Ordre des Frères Veilleurs. Mais j'en étais le seul membre. Il existe actuellement un mouvement de création de couvents de moines protestants en France. Je soutiens naturellement ce mouvement : nous cherchons d'ailleurs un local pour y installer des moines.

Pourquoi la Réforme n'a-t-elle jamais conçu la possibilité d'une voie monachique ?

Le judaïsme non plus.

Jean-Louis Etienne cite cette phrase de Rousseau à votre propos : « Jamais je n'ai aussi bien pensé, n'ai autant vécu, n'ai aussi bien été moi-même que dans les longs voyages que j'ai faits seul à pied. » Le désert vous a-t-il permis d'être simplement vous-même ?

Le désert fait partie de ces paysages qui peuvent faire naître en vous les plus hautes interrogations. Et parce que c'est un maître sévère, qui ne vous passe aucune faiblesse, sans doute vous aide-t-il à trouver votre propre voie...

Notre Terre qui êtes aux cieux

Vous ne serez donc pas pasteur. Bien. Mais pourquoi ce choix des sciences naturelles ?

Lorsque mes parents se sont installés à Paris, j'avais cinq ans. Nous habitions au 75 de la rue du Cardinal-Lemoine, à deux pas du Jardin des Plantes. Ma mère m'y conduisait en passant par la rue Rollin, où se trouve l'emplacement de la maison où mourut Blaise Pascal. Nous traversions aussi les Arènes de Lutèce, vestiges d'un vaste amphithéâtre datant de la fin du Ier siècle et pouvant contenir jusqu'à quinze mille personnes. Le Jardin des Plantes, à l'origine jardin du Roi, fut d'abord un réservoir de plantes médicinales et devint, sous l'impulsion de Buffon, Daubenton et Bernardin de Saint-Pierre, un des lieux prestigieux en France pour l'étude des sciences naturelles. Les rues du quartier portent d'ailleurs le nom de quelques-uns des grands naturalistes qui sont venus ici enrichir notre connaissance du monde naturel : Cuvier, Jussieu, Geoffroy Saint-Hilaire, Lamarck... Impossible de les oublier. J'ai grandi dans cet univers et ma curiosité s'est donc tournée vers les sciences naturelles.

Vous fréquentiez assidûment ce jardin ?

J'avais une sympathie particulière pour ces grands arbres plantés par mes prédécesseurs au Muséum d'histoire naturelle, le cèdre de Jussieu qui date de 1734, les arbres de Judée de Buffon qui datent de 1785... Mais le plus vieil arbre de Paris, un robinier planté en 1601, se trouve dans le square Viviani, l'ancien jardin de l'église Saint-Julien-le-Pauvre. Il faut le savoir : si ces arbres tiennent encore debout, c'est qu'on a coulé du ciment à l'intérieur de leur tronc...

A quinze ans, vous créez une Société d'Histoire naturelle...

A Varengeville où nous passions nos vacances, j'avais tenu d'août à septembre 1917 une sorte de journal de naturaliste. J'avais alors imaginé cette Société d'Histoire naturelle qui éditerait une revue où je pourrais publier les résultats de mes recherches. « Recherches » est d'ailleurs un bien grand mot pour désigner les travaux qu'un jeune homme peut entreprendre ! Je me souviens que j'avais réuni, dans un article paru dans le premier numéro, des arguments destinés à décourager le port des plumes sur les chapeaux, ce qui était alors très à la mode à l'époque, mais qui coûtait la vie à de magnifiques oiseaux exotiques. La Société eut André Gide pour membre, vécut une petite année et publia cinq numéros.

Y avait-il des naturalistes dans votre famille ?

Mes parents étaient particulièrement attentifs aux beautés de la nature. Il suffit de parcourir les trois gros volumes de mon père, *Le Problème du Bien*[1], pour s'en rendre compte. Mais ils ne s'intéressaient pas spécialement à l'Histoire naturelle. J'avais par contre, du côté maternel, une grand-mère qui avait acquis des connaissances étendues dans le domaine de la botanique. J'utilise encore une *Flore de France* qui lui a appartenu.

Mais comment passe-t-on du jardin du Roi au désert ?

Etant entré au Muséum d'histoire naturelle dans le service « Pêche et productions coloniales d'origine animale » et consacré, comme son nom l'indiquait, à l'étude de productions exotiques, je m'exposais évi-

1. Wilfred Monod, *Le Problème du Bien, essai de théodicée et Journal d'un pasteur,* trois vol., Lib. Félix Alcan, 1934.

demment à devoir me rendre tôt ou tard dans les différentes colonies françaises. Les assistants du laboratoire des pêches étaient d'ailleurs envoyés à Madagascar ou en Mauritanie et j'avoue qu'à l'époque, je ne savais même pas où cela se trouvait.

Dans quelles circonstances avez-vous vécu cette rencontre avec le désert ?

J'ai été envoyé à Port-Etienne (aujourd'hui de nouveau Nouadhibou) en Mauritanie en 1922, pour étudier les poissons et la pêche dans la région. J'y suis resté une année à faire un inventaire de la faune marine qui a donné lieu à des travaux publiés dans des revues spécialisées. Le village de Port-Etienne se trouvait pris entre l'océan Atlantique et le Sahara, deux déserts qui alors m'attiraient pareillement. Puis, au lieu de regagner Bordeaux par bateau pour rentrer en France, j'ai préféré accompagner un lieutenant qui quittait son poste militaire à dos de chameau. Nous avons progressé vers Saint-Louis du Sénégal, longeant la côte d'un côté et le désert de l'autre.

Vous attribuez votre découverte du Sahara au hasard et seulement à lui ?

D'autres régions m'auraient intéressé comme la haute mer, la banquise, la haute montagne au-dessus de la ligne des arbres... Mes études ne me destinaient pas précisément à entrer dans le désert. Que voulez-vous qu'un ichtyologue, un spécialiste des poissons, aille faire dans un désert ? On ne trouve pas beaucoup de poissons au Sahara. Parfois dans les points d'eau. Quelques fossiles de temps en temps...

On a du mal à croire aujourd'hui que le désert ne vous attendait pas ?

Vous connaissez la formule de Renan : « Le désert est monothéiste. » Il voulait rappeler par là que les trois monothéismes sont effectivement nés dans le désert. Dans ce sens, on doit pouvoir considérer le désert comme un lieu d'expériences incomparables puisqu'il a engendré les trois grandes religions du Livre. Il n'est pas surprenant dans ces conditions que les premiers ermites chrétiens aient fui la ville d'Alexandrie pour le Ouadi El-Natroun, au nord du Caire. Notez qu'il n'y a pas de comparaison entre le désert où se réfugia saint Macaire et le Tanezrouft ou le Ténéré. Saint Macaire n'aurait survécu ni dans cette partie du Sahara algérien appelée le Tanezrouft ni dans celle du Sahara nigérien appelée le Ténéré. Pour ma part, quitte à vous décevoir, j'ai choisi l'Adrar mauritanien non pour y vivre en ermite, mais parce que la région avait été peu étudiée et offrait au naturaliste un extraordinaire champ de recherches.

Le choix du désert ne participe donc pas d'une démarche qu'on pourrait qualifier de mystique ?

Le désert offre un cadre propice à la méditation, si c'est ce que vous me demandez. Mais le métro aussi.

Le désert aurait pu constituer une expérience sans lendemain comme le fut votre descente dans le bathyscaphe de Piccard au large des côtes du Sénégal...

Piccard avait inventé une cabine pour monter dans la stratosphère. Il a voulu ensuite imaginer un appareil permettant de descendre sous la mer. Les premières plongées habitées ont eu lieu en octobre 1948 au Sénégal. Il se trouve que j'étais à Dakar en tant que directeur de l'IFAN et j'ai proposé d'accompagner Piccard. Il y avait quelques prétendants mais le sort m'a désigné. Nous sommes descendus le 26 octobre à quelque 25 000... millimètres sous la surface ! C'était une première. Il a renouvelé sa tentative ultérieurement avec beaucoup plus de succès. Le 22 avril 1954, nous avons atteint ensemble 1 400 mètres.

A la différence de l'Adrar mauritanien, cette portion de sable que vous avez appelée votre diocèse, les abysses ne vous ont pourtant jamais retenu.

Il y a des fonds importants au large des côtes du Sénégal et c'est sans doute l'une des raisons pour lesquelles Piccard avait choisi cet endroit pour faire ses expériences. Le monde de la mer m'a toujours passionné et presque tous les animaux que j'ai étudiés sont des animaux marins, soit des poissons soit des crustacés. Ce que j'ai entrepris dans le désert est d'une autre nature puisque, pour les besoins de mes recherches, je me suis fait aussi géographe, préhistorien, géologue, etc. La tâche, vous le voyez bien, était exaltante.

Il y avait là aussi un bon prétexte pour fuir l'agitation de Dakar où vos charges vous ont retenu de 1938 à 1965. « D'une façon générale », avez-vous écrit, « je n'ai jamais particulièrement recherché la compagnie de mes semblables. »

Je suis fait pour la solitude, pourrait-on dire, et la présence des nomades à mes côtés durant les traversées au long cours ne m'a jamais empêché de me sentir tout à fait seul.

Vous n'avez pas lié amitié avec eux ?

Je n'ai jamais vécu sur place. J'ai réussi à nouer des liens avec quelques-uns, bien entendu, parce que les nomades ont le sens de l'hospitalité. J'ai par exemple beaucoup voyagé avec un ancien goumier du nom de

Sidi Moktar qui parlait très bien le français. Mais, dans la plupart des cas, la conversation était limitée. Je ne parle pas arabe et eux ne connaissent pas suffisamment notre langue pour nous permettre d'envisager de vrais échanges. Cette barrière linguistique m'était commode en somme pour me livrer à ma distraction favorite : la solitude. Les nomades que j'ai approchés appartiennent à une civilisation à part entière qui a su s'adapter à son milieu bioclimatique d'une manière très remarquable. Ces gens ont une connaissance exceptionnelle du milieu où ils évoluent. Ils peuvent nommer chaque fleur, chaque bête que vous rencontrez avec une très grande sûreté. Et quoi qu'il arrive, ils sont toujours orientés. Si vous êtes en train de prendre le thé, le nomade vous dit : « Donne-moi la théière qui est au nord-ouest. » C'est prodigieux. Ils sont musulmans.

Est-ce que l'islam vous a séduit vous-même ?

Quelqu'un a essayé un jour de me convertir. Je lui ai parlé de cette montagne unique que nous gravissons les uns les autres par des sentiers différents. J'aurais pu lui réciter ces paroles d'Ibn Arabi, le mystique soufi andalou : « Mon cœur est devenu capable de toutes les formes. Une prairie pour les gazelles, un couvent pour les moines, un temple pour les idoles, une

Ka'ba pour le pèlerin, les tables de la Torah, le Livre du Coran. Jc professe la religion de l'Amour, et quelque direction que prenne sa monture, l'Amour est ma religion et ma Foi. » « Tout ce qui monte converge » aurait ajouté Teilhard de Chardin. Gardons l'espoir de nous retrouver ensemble au sommet.

« Si j'avais été uniquement un citadin », je vous cite, « j'aurais certes combattu, cherché les raisons de mon existence, mais avec moins d'ampleur. » Le désert est-il un éveilleur ?

Le désert vous émonde. Vous y faites l'apprentissage de la soustraction. J'ai eu constamment sous les yeux au Sahara des spectacles étonnants qui ont contribué à aiguiser mon regard, à éveiller mon attention. Le désert vous rappelle sans cesse à l'essentiel. Lorsque nous sommes rentrés en France, j'ai d'ailleurs entrepris de faire aussitôt l'inventaire de la flore et de la faune de l'Ile Saint-Louis où nous nous sommes installés en 1965. Sans doute ma pratique du désert m'avait-elle rendu plus attentif au paysage qui serait désormais le nôtre.

Vous avez achevé cet inventaire ?

Plus de cent espèces de plantes, rendez-vous compte ! J'ai même trouvé une orchidée sous les fenêtres d'Haroun Tazieff qui était mon voisin. Un seul exemplaire sur toute l'île !

Vous pensez qu'elle avait un faible pour le vulcanologue ?

Les graines d'orchidée sont microscopiques et volent avec le vent. Nous avons fait des découvertes étonnantes : une petite crevette qui vit dans les eaux douces, beaucoup d'animaux microscopiques, deux espèces de sangsues, etc. Dans la rue Cuvier, je vois même des plantes se spécialiser dans les vieux murs en adoptant des stratégies de survie stupéfiantes.

Comment comprendre cet élan de la vie ? Comme un printemps perpétuel ?

Partout la vie témoigne de cette volonté de se perpétuer. Elle refuse de disparaître et emploie dans ce but les moyens les plus variés. Il y a des graines qui ne germent bien par exemple que lorsqu'elles ont été ingérées par un vertébré et qu'elles ont traversé tout son tube digestif. Quand les ânes mangent des graines de coloquinte, une sorte de petit melon très amer, celles-ci germent dans leur crottin. Cette obstination de la vie force le respect. Quinze milliards d'années que les choses ont commencé et rien ne semble avoir brisé sérieusement cette détermination. Mais il faut tout de même se méfier de certains gestes qui ont une portée définitive comme de raser une forêt au ras du sol. Le mal est alors sans appel. Le nombre des espèces végétales qui vivent dans le désert est relativement faible par rapport à ce que nous pouvons récolter en France : 300 à 400 au Sahara contre 4 000 en France. Mais n'est-ce pas déjà un tour de force de survivre dans de pareilles conditions ?

Comment font-elles ?

En réduisant la taille des feuilles de manière à limiter les surfaces d'évaporation. La vie a plus d'un tour dans son sac. L'homme aussi, malheureusement, qui la combat.

Vous vous demandiez si vous aviez fait le bon choix en renonçant à suivre les traces de votre père. Mais ce que vous avez observé en Afrique, l'étonnant acharnement de la vie, fait de vous une sorte de témoin irremplaçable dont on vient recueillir le témoignage...

Il est certain que le désert m'a enseigné le respect. Je l'ai dit souvent mais il est des choses qu'un individu à peu près bien élevé ne se permettrait pas de faire dans une église, une synagogue ou une mosquée. Il me semble que le désert vous enseigne une semblable retenue. Nous parvenons ici au seuil d'un monde en tout point différent du nôtre ; nous ne l'abordons pas avec l'indifférence ou le mépris dont nous témoignons habituellement vis-à-vis des lieux ou des êtres que nous ne connaissons pas, mais avec un profond respect.

Vous donnez l'impression de vous être installé tranquillement pour admirer ces merveilles alors que vous avez été un voyageur infatigable, affrontant des régions du Sahara qu'aucun homme jamais, fût-ce un nomade, n'osa défier.

Il est probable que les nomades m'ont pris pour un fou. Lorsque j'ai entrepris l'exploration de la Majâbat al-Koubrâ, une région qui s'étend de l'ouest à l'est entre l'Adrar mauritanien et l'Adrar des Iforhas, sur plus d'un millier de kilomètres, j'ai inventé le long cours dans une partie du Sahara que personne n'avait explorée avant moi. Dans les conditions où j'ai effectué ces traversées entre Ghallaouya et Araouan ou entre Ouadan et Araouan, soit environ 900 et 880 kilomètres, personne ne pourra refaire ce trajet après moi.

Il ne viendrait à l'idée de personne de traverser cet océan de sable, c'est ce que vous voulez dire...

Si l'on veut faire une expérience physiologique concernant le chameau ou l'homme, on peut la faire à proximité d'un puits et tourner autour autant qu'on le voudra. Ceux qui s'aventurent dans la Majâbat aujourd'hui le font en 4 × 4 et ne courent plus le moindre risque : si vous disposez d'un GPS (*global positioning system*), vous pouvez à tout moment connaître votre position. Nous n'avions pas ces instruments si précieux pour les méharistes et les cartes que nous utilisions présentaient en certains endroits de vraies lacunes. Nous avions cherché une fois un point d'eau au nord-est de l'Adrar mauritanien qui, sur notre carte, était figuré par un point. Nous avons observé tout ce qui pouvait correspondre à ce point mais sans trouver de puits. Et c'est seulement par hasard que nous sommes tombés sur ce point d'eau qui était en réalité à 40 kilomètres de l'endroit indiqué. 40 kilomètres, c'est beaucoup pour quelqu'un qui a soif. Cela représente dix heures de marche. Beaucoup de points d'eau n'avaient pas fait l'objet d'une détermination astronomique. Leurs positions étaient indiquées sur la base de renseignements très approximatifs.

Vous sortez donc de votre cher diocèse pour entrer dans un gigantesque no man's land, la Majâbat, que vous comparez à un océan. Cela n'implique-t-il pas inévitablement l'éventualité du naufrage ?

J'ai toujours fait en sorte de l'éviter en préparant soigneusement ce que j'appelle mes navigations hauturières. Serait-il concevable qu'un naturaliste recule devant la perspective d'une excursion dans une région particulièrement riche sur le plan scientifique, sous prétexte qu'il y court quelque danger ?

La liste de vos publications est la preuve que vous n'avez jamais renoncé à aller voir, dès que l'occasion se présentait. Votre curiosité est insatiable...

Le tableau général de l'évolution de la vie est prodigieux. Imaginez que l'inventaire de la planète est loin d'être achevé. On en a sans doute terminé avec les grands mammifères et les oiseaux mais pas avec les autres groupes. On ne connaît peut-être même pas encore le tiers des espèces appartenant au groupe des insectes. A l'époque de mon voyage au Cameroun en 1925-1926, j'ai pu découvrir des genres jusqu'alors inconnus !

Comment classez-vous les formes du vivant ?

Un règne, qu'il soit animal, végétal ou minéral, est divisé en embranchements eux-mêmes divisés en sous-embranchements. Viennent ensuite les classes contenant les ordres puis les sous-ordres. Et ce n'est pas fini. Les sous-ordres contiennent les familles et les sous-familles qui, elles, abritent les genres et les sous-genres. Les espèces comme la nôtre ne sont donc qu'une subdivision des genres. Tout cela dresse une formidable pyramide du vivant ! Et c'est à cette extraordinaire diversité que l'homme vient aujourd'hui s'attaquer.

Vous avez parlé quelque part des « prodigieuses polychromies de la nature » dans ce sens ?

Il faut lutter contre cette tendance de nos sociétés à la monotonie et la banalisation et prendre d'une manière courageuse la défense de la variété.

Si l'occasion se présentait d'un voyage vers une autre planète où vous pourriez étudier les formes que la vie y aurait revêtues, reculeriez-vous ?

Le voyage vaudrait la peine. A la condition d'avoir pu trouver un moyen d'affronter ces formidables distances qui nous séparent des étoiles les plus proches. Alpha du Centaure, notre voisine, est déjà à 3 années-lumière de la Terre. Si les astronautes partent en famille, leurs petits-fils et petites-filles auraient peut-être une chance d'atteindre le but qu'eux-mêmes s'étaient fixé.

Vous croyez donc que la vie s'est distribuée dans d'autres galaxies de la même façon qu'elle a trouvé refuge sur une planète de la Voie Lactée ?

C'est très probable. Les formes que la vie peut adopter sont toujours plus variées qu'on ne pourrait l'imaginer et nous ne savons donc pas à quoi nous pouvons nous attendre. Pourquoi avons-nous cinq doigts ? Pourquoi les plantes ont-elles cinq sépales ou cinq pétales ? Pourquoi ce chiffre cinq est-il si présent dans la nature ? Je ne sais pas. Pourquoi ne pas concevoir une variation à partir du chiffre six ? Nous obtiendrions des résultats très différents. Pourquoi donc les créatures sur cette planète inconnue ressembleraient-elles à celles qui vivent sur la Terre ? « Notre planète n'est ni la plus grande ni la plus petite de toutes celles que Notre Seigneur a créées, écrivait Tierno Bokar. Nous ne devons nous croire ni supérieurs, ni inférieurs à tous les êtres. Les meilleures des créatures seront parmi celles qui s'élèvent dans l'amour, la charité et l'estime du prochain. Celles-là seront lumineuses comme un soleil montant tout droit dans le ciel. »

Qui est Tierno Bokar ?

Un sage qui vécut à Bandiagara au Mali, au début du siècle. Il appartenait à la Tidjâniyya, une confrérie soufie très répandue en Afrique. Il fut le maître de mon ami Amadou Hampâté Bâ. Nous n'avons malheureusement pas la preuve scientifique qu'il existe dans l'univers une autre planète habitée : nous devons donc raisonnablement commenccr par explorer notre propre système solaire. Mais cette simple échéance pose déjà des problèmes considérables alors qu'il ne s'agit que d'une bien modeste famille de sphères gravitant autour d'une minuscule étoile.

Voyez-vous des créatures venues de l'espace débarquer demain sur nos rivages ?

Il faudrait à ces créatures extraterrestres autant de temps qu'à nous pour faire le trajet séparant leur planète de la nôtre. Le problème est le même dans les deux sens : insurmontable dans l'état actuel de nos connaissances.

Peut-être ont-elles déjà surmonté les difficultés devant lesquelles nos techniciens butent encore ?

Je reconnais qu'il existe des témoignages très curieux relatant comment des personnes se sont trouvées en contact avec des êtres en provenance de mondes inconnus. Il existe ainsi un grand nombre de phénomènes devant lesquels notre esprit cartésien rechigne. Je m'intéresse par exemple aux cas de combustions spontanées. Les plus anciens cas connus semblent remonter au XVIIIe siècle. Sans qu'on sache pourquoi, ces personnes prennent feu et se consument. L'Angleterre est fertile en *spon-*

taneous human combustion. Il y a beaucoup de choses étranges dans le monde, vous savez.

Le témoignage d'une personne qui les a observées pendant plus d'un demi-siècle est évidemment digne de respect...

Michel Bony qui a eu récemment l'idée de me faire rencontrer l'abbé Pierre et de filmer nos entretiens m'a raconté qu'il avait vu en Inde un yogi en lévitation. Pourquoi pas ? Thérèse d'Avila lévitait aussi. Je ne sais si elle atteignait le plafond... Si je devais me livrer à cette expérience, je craindrais toujours de me hisser à ces hauteurs en prévision du retour, ou de la chute. Même dans la voie mystique, il faut préférer les performances les plus humbles !

Nous sommes dans un monde magique. Nos savoirs sont malheureusement parcellaires, épars et tellement étendus dans chaque discipline qu'on voit mal qui pourrait faire un jour une synthèse significative. Il manque aujourd'hui une vision d'ensemble, vous ne croyez pas ?

Les grands mystiques, les grands artistes ont sans doute atteint à cette perception entière de la réalité. Ils ont connu leur consubstantialité avec le monde. Dans cet état sans doute ne voit-on plus aucune différence avec l'Autre en tant que principe animant toutes les formes visibles et invisibles. Mais il y a aussi l'Inconnaissable que nous ne connaîtrons jamais.

Est-ce qu'on n'en revient pas à ce qui vous avait arrêté dans la vie du rabbi de Nazareth, cette aptitude de la piété populaire à déplacer l'enseignement vers les miracles ?

Il faudrait donc croire aux aptitudes de la science à déchiffrer l'énigme de l'univers non pas à cause des miracles qu'elle nous révèle mais malgré eux.

Une formule taoïste dit que le miracle, ce n'est pas de marcher sur l'eau mais de marcher sur la terre.

Les taoïstes avaient beaucoup de bon sens.

Au royaume des prédateurs, les hommes sont rois

Vous fustigiez tout à l'heure l'ère de la monotonie. Mais qui se doute de ce que serait l'inventaire des créatures partageant avec nous cette planète s'il pouvait être fait ?

En tout cas, l'homme ne serait pas en dehors de cet inventaire, comme il a tendance à le croire. En tant qu'espèce appartenant à l'ordre des primates, les hommes sont des mammifères comme les ornithorynques, les kangourous, les chiens, les baleines, les rats, les chauves-souris, les paresseux, les hérissons qu'ils ne se privent pourtant pas d'écraser sur les routes.

Pourquoi l'homme se montre-t-il si cruel ou si indifférent vis-à-vis de ses semblables, si l'on peut se risquer à désigner les animaux ainsi ?

On a cru longtemps que la nature était une

idylle. La vision des théologiens est à cet égard tout à fait puérile. Ces petits oiseaux qui gazouillent au milieu des fleurs prêtent à sourire. C'est une vision apologétique qui ne correspond pas à la réalité. Que constate-t-on ? La nature est cruelle de part en part, atroce même. Comment attribuer cette création à une divinité qui serait théoriquement compatissante et pitoyable pour ses créatures ? C'est la question qui a hanté mon père. Rendez-vous compte qu'il n'y a pas une espèce animale qui n'ait ses parasites externes et internes, certains très douloureux et cruels ! Le tube digestif d'un cachalot, par exemple, est envahi par des colonies de nématodes qui vivent aux dépens de celui qui les héberge. Voyez donc ce qu'écrivait mon père dans *Le Problème du Bien*...

« J'ouvre l'Atlas de poche des mammifères de la France, de la Suisse romane et de la Belgique, orné de planches coloriées qui sont un ravissement pour les yeux ; il y a là des bêtes si gracieuses, évoluant au sein de paysages si charmeurs, que ce petit livre constitue une œuvre d'art, digne du pinceau d'Hokusaï. Mais il suffit de parcourir les notices consacrées à chaque animal, pour s'apercevoir que les combats de l'*Iliade* sont une paisible idylle auprès de l'existence normale des animaux familiers de nos régions. Voici le hérisson : "Nous l'avons vu dévorer de petits pigeons, et une personne digne de foi l'a vu attaquer de petits chiens qui venaient de naître." Voici la taupe : "Extrêmement vorace, elle attaque même ses semblables." (...) Voici la musaraigne carrelet : "Elle s'attaque à tous les petits animaux, souris, campagnols, oisillons, grenouilles, orvets ; elle-même est souvent prise par les chiens, les chats, les belettes et les putois qui la tuent incontinent, mais la rejettent aussitôt, à cause de son odeur." (...) Voici le rat mulot : "Il recherche les insectes et les grenouilles, même les œufs et les petits des passereaux. Les mulots se mangent entre eux." (...) Voici le lapin sauvage : "Il est essentiellement polygame, et les mâles se battent à chaque instant. La femelle ne fait jamais ses petits dans son terrier ordinaire, car le mâle qui les trouverait les tuerait immédiatement." »

C'est une vision terrifiante !

Prenez le cas des *Dorylines Anomma* d'Afrique : Schweitzer avait noté le spectacle de ces colonnes de fourmis guerrières, carnivores, marchant par rang de cinq ou six insectes et dont le défilé pouvait durer près de trente-six heures. Or que sont leurs occupations favorites ? Le massacre et le pillage. Il est difficile de penser l'espèce humaine indépendamment de toute l'histoire du vivant qui la précède.

Comment l'homme serait-il en même temps un mammifère cruel et un homme doué de pitié ?

C'est l'homme, le premier, dans l'histoire de l'évolution, qui s'est ému de la souffrance de ses semblables et qui a tenté d'y remédier. Mon père disait que l'espèce humaine avait introduit la métaphysique ici-bas. Cette prise de conscience est somme toute assez récente dans l'histoire de l'espèce humaine ; elle n'a pas empêché que l'homme poursuive son entreprise de prédateur. C'est dans cette mesure que son attitude est aujourd'hui scandaleuse !

Précédés par des millions d'années de cruauté, n'avons-nous pas des circonstances atténuantes ?

Je ne sais pas si les hommes préhistoriques étaient aussi cruels que nous le sommes. Depuis la découverte par les primatologues du rituel de réconciliation chez les singes, on est en droit de se demander si l'homme n'a pas hérité de ses ancêtres cette capacité de pardonner qu'il aurait oubliée. Mais par contre, lorsqu'ils sont méchants et cruels, les hommes ne le sont pas comme ces rats mulots ou ces taupes dont parlait mon père. Ils sont méchants intentionnellement. Chez eux, la cruauté est réfléchie, cultivée, enseignée. L'homme est tout de même le seul être vivant qui apprend à ses enfants à tuer leurs semblables. Le lion n'apprend pas aux lionceaux à tuer des lions mais des gazelles ou des zèbres.

Il est sans doute plus facile à un lion du Niger de se reconnaître dans un lion du Tchad qu'à un paysan éthiopien d'échanger quelques idées avec un homme d'affaires américain...

Pensez-vous !

L'espèce humaine est cruelle mais ce n'est pas un écureuil, tout de même, qui a fondé le ROC, le Rassemblement des Opposants à la Chasse dont vous êtes le président !

Bien sûr que non, parce que les écureuils sont des petites bêtes sans scrupules qui mangent les oisillons, gobent les œufs alors même qu'ils pourraient se contenter des fruits du chêne et du noisetier. Ils devraient se résoudre d'après moi à un régime végétarien strict !

Resté génétiquement cruel pourrait-on dire, l'homme fait en même temps l'apprentissage de la pitié. N'avez-vous pas un peu d'indulgence pour ce malheureux bipède qui, lentement j'en conviens, tente de s'éveiller à une conscience plus haute ?

Dans la mesure où l'espèce humaine disposerait d'un long temps pour s'hominiser, alors la patience serait, en effet, notre meilleure conseillère. Mais trop de dangers planent à présent au-dessus d'elle.

Vous ne pouvez nier que l'homme, après avoir détruit son milieu avec une parfaite insouciance, cherche aujourd'hui à le protéger.

Les efforts sont louables mais sans doute encore très marginaux. Le mouvement de libération animale fondé par le philosophe australien Peter Singer annonce déjà l'époque où il n'y aura plus de boucheries, plus d'abattoirs dans le monde, où la Déclaration universelle des droits de l'animal adoptée en 1978 par la Ligue internationale des droits de l'animal ne constituera plus de vaines maximes sans effet.

Que dit cette Déclaration ?

Dans son article 2, elle postule que « tout animal a droit au respect » et que « l'homme, en tant qu'espèce animale, ne peut exterminer les autres animaux ou les exploiter en violant ce droit ; il a le devoir de mettre ses connaissances au service des animaux ».

Votre père n'a pas écrit Le Problème du Mal, *mais* Le Problème du Bien. *C'est la preuve qu'il considérait que l'apparition de l'éthique n'allait pas de soi dans l'histoire du vivant.*

Si le Créateur n'a pas eu à cœur d'épargner à ses créatures la souffrance, qui peut avoir introduit le bien dans le monde ?, se demandait-il. Pourquoi le bien ?

Au milieu de cette vallée de larmes surgissent soudain la Torah, l'enseignement de Pythagore, les quatre nobles vérités du Bouddha, les Béatitudes... Je sais que vous n'aimez pas les miracles...

Cela dépend lesquels.

Comment comprendre l'apparition de la lumière au plus noir des ténèbres ? Ces paroles sont d'une telle violence qu'on ne voit pas qu'elles aient été encore entendues deux mille ou deux mille cinq cents ans après s'être incarnées.

Ces deux mille ans témoignent simplement d'une parfaite mauvaise volonté de la part des êtres humains. Avouez que tout cela n'est pas très encourageant.

Mais pour vous qui avez l'habitude de mesurer le temps en millions d'années, que sont deux mille ans ?

La notion de temps est difficile à appréhender. Combien de millions d'années faudra-t-il alors pour que l'homme s'hominise tout à fait ?

« L'exemple de ces hautes figures ne doit pas nous inciter, nous hommes ordinaires, au découragement », avez-vous écrit. « Ce sont nos frères aînés, sans doute, mais nos frères. Et qui nous convient à gravir à leur suite la montagne sainte. » Ne voyez-vous pas ces « éveilleurs » comme des signes avant-coureurs d'un changement plus vaste auquel ils nous auraient préparés ?

On le souhaiterait.

On pourrait comparer la révolution copernicienne dans le domaine des sciences à celle du sermon sur la montagne dans le domaine de l'éthique. Après elles, tout le champ de la réflexion et de l'action humaines se trouve bouleversé.

Il est indéniable que l'espèce humaine fait quelques progrès dans le domaine de l'éthique. Tout au moins dans les intentions. Sans être particulièrement pessimiste, on peut se demander si ces progrès ne sont pas trop lents et s'il n'est pas déjà trop tard.

Parce que les risques que nous courons s'additionnent plus vite que les mesures que nous prenons pour protéger la vie ?

Parce que la destruction de la nature rapporte de l'argent. L'Etat est un monstre cruel qui ne voit chaque fois que son intérêt. Et lorsque certains hommes politiques affirment que la morale s'arrête au seuil de la raison d'Etat, ils nous font comprendre qu'ils nous prennent pour des imbéciles. L'Etat ne connaît tout simplement pas la morale.

Vous ne croyez pas que les mesures déjà prises en faveur de la protection de l'environnement porteront bientôt leurs fruits ?

Je suis optimiste mais à une échelle différente. Je ne vois pas l'humanité prendre la défense demain des espèces vivantes. Les prophéties de la Bible concernent pour moi les temps messianiques. « Le loup habitera avec l'agneau, nous dit Isaïe (11, 6), la panthère se couchera avec le chevreau ; le veau, le lionceau, et le bétail qu'on engraisse, seront ensemble, et un petit enfant les conduira. La vache et l'ours auront un même pâturage, leurs petits un même gîte ; et le lion, comme le bœuf, mangera de la paille. » Avouez que ce n'est pas pour demain !

Les temps messianiques ! C'est un peu long tout de même ! Si vous militez pour la protection de la nature, c'est parce que vous croyez que les choses peuvent changer ? Pourquoi ce pessimisme ?

Parce qu'en dépit de nos actions, de nos mises en garde, rien ne semble bouger.

Ils sont pourtant de plus en plus nombreux, ceux qui prennent conscience de ces problèmes.

Le peu que l'on peut faire, il faut le faire, mais sans illusions.

Ces opérations que vous menez avec vos amis sont-elles utiles ou bien servent-elles à vous donner bonne conscience ?

Il est possible que nous ayons épargné quelques vies animales. Mais d'une manière générale, rien de ce que nous avons entrepris n'a suscité une réelle prise de conscience dans l'opinion.

Alors pourquoi poursuivre vos actions ?

Pour manifester nos convictions. On ne sait jamais. Il suffirait de toucher ne serait-ce qu'une seule conscience et rien de cela n'aurait été fait en vain.

Vous n'êtes pas très enthousiaste !

Je ne dis pas qu'il ne faut pas bouger, au contraire. Tout ce qu'on peut faire, on doit le faire et même si cela ne sert pas pour l'instant à grand-chose.

Imaginons que ces épées de Damoclès appelées « radioactivité », « empoisonne-

ment alimentaire », ou « bombe démographique » ne se trouvent plus au-dessus de nos têtes et que nous disposions d'un long temps pour nous parfaire, seriez-vous plus optimiste ?

Ce serait différent. On pourrait excuser l'homme d'être encore barbare. On attribuerait sa cruauté, son insouciance à sa jeunesse. On parierait sur sa maturité et sans doute aurait-on raison de le faire. Mais voilà, le danger nous cerne de tous côtés. « Soyez féconds, multipliez, et remplissez la terre. Vous serez un sujet de crainte et d'effroi pour tout animal de la terre, pour tout oiseau du ciel, pour tout ce qui se meut sur la terre, et pour tous les poissons de la mer : ils sont livrés entre vos mains » : c'est ce que vous pouvez lire au chapitre 9 de la Genèse. Comment voulez-vous que l'aventure humaine se passe bien sous de pareils auspices ? Les trois monothéismes ont déclaré que l'homme était le roi de la Création. Mais l'homme n'est en réalité le roi d'aucun royaume. Il est prisonnier de ses instincts. Il est souvent assez consternant de constater que certains textes dans la Bible servent à cautionner ou légitimer des comportements parfaitement barbares. Voyez la citation suivante dans le livre de mon père...

« Or l'Ancien Testament n'est pas seulement sillonné par le sang des animaux immolés sur l'autel, mais par le sang des bêtes livrées aux coutels des bouchers, car la loi religieuse des Israélites, formellement consignée dans la Bible, interdisait de manger la chair d'un animal qui n'aurait pas été saigné à blanc. Le sang, d'après les croyances hébraïques, renfermait l'âme ; le respect du principe vital exigeait donc le supplice prolongé des bêtes réservées à l'alimentation. »

Comment votre père a-t-il pu prendre tellement à cœur le problème de la souffrance animale à une époque où ces questions, en Occident tout au moins, n'intéressaient personne ?

Les animaux, dans leur détresse, entre les mains de leurs bourreaux, l'ont ému. Dans son autobiographie il écrit par exemple que le spectacle d'une toile d'araignée où se débattait silencieusement un moucheron « formulait toute l'énigme de la Providence ».

Peut-on sincèrement éprouver de la pitié pour un moucheron ?

Lorsqu'on parle de la défense des animaux, il existe toujours un problème de définition. De qui parle-t-on ? Les associations protectrices pensent d'abord aux vertébrés et particulièrement aux mammifères puisque nous sommes nous-même des mammifères. Leur action ne concerne pas par exemple les échinodermes, les méduses ou les éponges. Pourtant il convient de distinguer à mon sens entre les méduses qui sont dotées d'un système nerveux et qui peuvent donc souffrir et les éponges qui en sont dépourvues.

Est-ce qu'on doit protéger seulement les créatures qui souffrent ou bien faut-il étendre notre protection à toutes les formes de la vie ?

Il faut épargner la souffrance, dans la mesure du possible.

Quand vous dites que les éponges ne souffrent pas, qu'en savez-vous ?

Précisément parce qu'elles n'ont pas de système nerveux.

Est-on certain qu'une créature qui n'est pas dotée d'un système nerveux ne souffre pas d'une autre manière ?

Vous faites alors allusion à des souffrances psychologiques. C'est secondaire.

Les Jaïns de l'Inde ne se demandent pas quels sont les animaux qui souffrent et quels sont ceux qui ne souffrent pas. Toute créature vivante mérite leur respect.

Si vous êtes végétarien, vous ne pouvez pas inclure dans votre projet éthique de respecter les végétaux, à moins de mourir de faim. Nous ne mangeons pas de cailloux. Alors ? A notre connaissance, les végétaux ne souffrent pas. Il faut bien entendu essayer de ne pas tomber dans de pareils excès.

Les gens que vous rencontrez dans ces différentes associations militantes ont-ils été influencés par les philosophies orientales ?

Je ne crois pas.

Il est curieux que l'Occident ne prenne pas en compte l'apport des philosophes de l'Orient pour tout ce qui concerne la question du respect de la vie animale.

Toutes les religions, sans exception, sont nées en Asie. Le foyer mésopotamien, la Palestine appartiennent aussi à l'Asie. Et même ces Indiens d'Amérique qui tentent de restaurer aujourd'hui leurs traditions sont originaires de l'Asie : il est avéré que le peuplement de l'Amérique du Nord s'est fait par la Sibérie et le détroit de Béring. Or, nous le savons, tous ces foyers de civilisation de l'Antiquité étaient irrigués par le chamanisme.

Que voulez-vous dire ?

Les grandes religions ont émergé au sein de peuplades qui concevaient une parfaite interdépendance nature-culture.

Dans ces anciennes traditions, l'homme, et particulièrement le chaman, est une sorte d'intercesseur capable de relier tous les mondes : en deçà et au-delà, visible et invisible, féminin et masculin, etc.

Cette connaissance s'est perdue en Occident parce que, très vite, une muraille épaisse s'est constituée entre l'extrême Asie et le Proche-Orient. Sur le plan métaphysique, il se passait au-delà de l'Indus des choses singulières que les populations sémitiques ignoraient. L'événement judéo-chrétien est fort récent au regard des grandes synthèses tentées par l'Inde ou la Chine. Je ne sais si on connaît la date de rédaction des grands textes sacrés de l'Asie. Que reste-t-il de ces intuitions et de ces pratiques dans nos grands et orgueilleux monothéismes qui installent l'homme au-dessus de la Création comme un roi sanguinaire ? A peu près rien.

Vous pensez que les religions orientales ont mieux préservé cet héritage chamanique ?

Je ne suis pas un spécialiste de ces questions et peu d'Occidentaux ont acquis des vues étendues et profondes à propos des traditions orientales. Elles devraient faire partie de l'enseignement général de tous les écoliers et étudiants, non pas à titre d'endoctrinement, bien entendu, mais d'exigence culturelle. Le taoïsme, par exemple, est-il une religion ou une philosophie ? Je n'en sais rien. Même question pour le bouddhisme. Au Tibet, il a sombré dans une religion magique qui s'est superposée au bouddhisme primitif. Mais comment se faire une idée claire à propos de ces métaphysiques complexes ? Le dalaï-lama met en garde les Occidentaux qui voudraient se convertir à la pratique ou à l'étude du bouddhisme car il leur faudrait consacrer pour commencer dix à quinze ans de leur vie à lire et étudier les écritures sacrées tibétaines — la plupart ne sont pas traduites... Il faut donc apprendre le sanskrit, le tibétain s'écrivant avec les caractères sanskrits, et passer dix à quinze ans dans des grimoires inintelligibles...

Pensez-vous que ces Occidentaux qui se sont convertis à l'hindouisme, au bouddhisme ou au taoïsme, qui pratiquent la méditation, qui traduisent ou lisent les grands textes des philosophies orientales, finiront par avoir une influence sur les théologiens de l'Eglise chrétienne ?

Les chrétiens ne sont pas indifférents à ces traditions orientales. On ne peut imaginer que les grandes traditions ne finissent, au contact les unes des autres, par s'enrichir mutuellement.

Vous vous êtes intéressé au bouddhisme ?

Sérieusement non. J'avais commencé à apprendre le tibétain dans ma jeunesse. Je voulais aller au Tibet avec un camarade.

Pourquoi ?

C'était une région peu connue, mystérieuse, que peu de voyageurs avaient explorée. J'avais lu quelques livres sur le Tibet et notamment ceux d'Alexandra David-Neel. Je suis même allé voir sa maison à Digne. On peut se demander si elle était sincèrement passée sur l'autre rive. Mais je ne suis pas allé plus loin et mon aventure tibétaine s'est arrêtée là. Ma doctrine, encore une fois, c'est la montagne unique que nous gravissons par des sentiers différents. Il vaut mieux ne pas trop lorgner vers le sentier du voisin.

Mais vous n'êtes jamais allé en Asie ?

Deux fois seulement, mais dans le cadre de missions scientifiques.

On a l'impression que si vous n'aviez pas été élevé dans la foi protestante, compte tenu de votre sensibilité, vous auriez très bien pu vous rapprocher du bouddhisme.

Je reconnais bien volontiers que l'éthique bouddhique aborde un certain nombre de questions qui me tiennent à cœur. C'est une religion de la pitié digne d'intérêt. Si j'étais né au Tibet, je serais devenu moine dans une lamaserie, c'est probable. Mais ce n'est pas le cas. Quelques Occidentaux font un vrai parcours à l'intérieur du bouddhisme quand la plupart se contentent d'un syncrétisme sans grande profondeur !

Pensez-vous que si les chrétiens, à l'écoute de ces philosophies de l'Orient, acceptaient d'évoluer sur leurs positions, cela aurait des répercussions importantes pour nos sociétés ?

Depuis Nicée et Constantinople, l'Eglise campe sur des positions qu'elle croit immuables. Le christianisme est la religion la plus anthropocentrique que le monde ait connue, et aucune critique au sein même de l'Eglise n'a pu remettre ces certitudes en question ; pas même saint François d'Assise qui, au lieu de défendre le dogme de la domination illimitée de l'homme sur toute la Création, préférait l'idée d'égalité entre toutes les créatures devant Dieu.

Pour racheter deux mille ans de cruauté de l'Eglise, ne peut-on citer à comparaître que François le Poverello ?

C'est un phénomène extraordinaire : on ne lui connaît pas d'influence particulière, pas non plus d'héritier. Et même au sein de sa famille spirituelle, les Franciscains, on ne semble pas avoir recueilli et goûté comme il le méritait l'enseignement du fondateur si accueillant à l'égard des créatures. Il n'est décidément pas si facile de modifier les primates !

Le nouveau visage de Dieu

*Voilà une créature assez peu reconnaissante : à peine échappé du berceau africain, l'*homo sapiens sapiens *tente de considérer la nature dont il est sorti comme s'il en était l'usufruitier. A-t-il honte de ses origines ?*

Pour revenir au chapitre 9 de la Genèse, « Soyez la crainte et l'effroi de tous les animaux... », je me demande si l'Alliance passée entre Dieu et Noé n'a pas été l'occasion de légitimer, en même temps que le carnivorisme, une certaine cruauté. La grande révolution de la fin du pléistocène, c'est la métamorphose du primate en tueur.

Le pléistocène ?

Le quaternaire, formé du pléistocène et de l'holocène, est la période géologique la plus récente. Elle commence avec l'apparition de l'homme, soit il y a plus de 4 millions d'années, et se prolonge jusqu'à nos jours. A l'échelle du cosmos, l'histoire humaine n'a pas plus que quelques secondes.

Vous ramenez 4 millions d'années à quelques secondes ?

J'ai fait déjà cette comparaison mais elle est instructive. Prenez l'obélisque de la place de la Concorde et considérez que sa hauteur représente l'histoire de la Terre, depuis le cristallin jusqu'à l'époque actuelle. Posez à présent au sommet de l'obélisque une pièce de monnaie : vous obtenez le quaternaire. Si vous couronnez le tout d'une mince feuille de papier à cigarette, vous avez l'histoire de l'humanité.

Et c'est sur les sommets de l'obélisque que les problèmes commencent. On pourrait reprendre la formule de Daniel Sibony, pour dire, à propos de la relation homme-animal : « L'origine de la haine, c'est la haine de l'origine. »

Les trois grands monothéismes s'élaborent à partir d'une vision anthropocentrique du monde. L'homme est roi de la Création. Il jouit sur elle d'un véritable droit régalien sans aucune limite. Tout ce qui tendra à diminuer le gouffre que les théologiens juifs, chrétiens ou arabes ont voulu créer entre l'homme et l'animal sera systématiquement condamné. Vous entendez par exemple des hommes d'Eglise dire de bonne foi que le fait d'assister à une corrida rend meilleur, que c'est un élément de progrès spirituel pour le spectateur. Ces gens déshonorent leur Eglise ! L'évêque de Nîmes m'a dit dernièrement : « Oh, vous savez, dans la corrida, il n'y a rien contre la religion, rien contre la morale. » C'est grave pour un prince de l'Eglise qui se prétend chrétien et disciple de l'Evangile. Voilà l'irréparable influence sur notre pensée et notre comportement du postulat anthropocentrique véhiculé par les cultures monothéistes. « Les rudes falaises de l'Ancien Testament sont éclaboussées par un rouge Niagara, écrivait mon père. Le culte mosaïque était un perpétuel égorgement de bêtes sacrifiées. Mais l'écarlate marée envahit même le Nouveau Testament. » Il faudrait commencer par prier pour les animaux dans les églises.

On dirait que l'homme, ce primate doué d'intelligence, ce mammifère, est dans la ligne de mire du naturaliste Théodore Monod...

« Tout ce qui se meut et possède la vie vous servira de nourriture », dit le texte de la Genèse (9, 3). Carnivorisme, sacrifices sanglants, égorgement à vif : comment les auteurs de la Bible et plus tard les Pères de l'Eglise auraient-ils pu prendre en compte la souffrance animale ? Si vous consultez les quatre cents volumes de la Patrologie grecque et latine de l'abbé Migne, vous ne trouverez rien qui concerne la pitié ou même la sympathie pour le monde animal. C'est avec saint Thomas d'Aquin que la doctrine de l'Eglise s'est d'ailleurs véritablement précisée. La notion d'« anima viva » qu'on trouve dans la Vulgate est tantôt « rationalis » chez l'homme et tantôt « irrationalis » chez l'animal. Or cette âme des bêtes, parce qu'elle est privée de raison, n'est pas appelée à la vie éternelle.

Vous pensez vous-même que les animaux ont un au-delà ?

Il faut, là encore, s'entendre sur la définition du mot animal. Je ne crois pas, par exemple, à l'immortalité des échinodermes.

Mais cela veut dire que vous croyez à celle des mammifères ! ?

Les théologiens n'ont pas tous condamné l'animal au néant pour asseoir la souveraineté de l'homme. Il y a eu quelques exceptions. Elles sont rares mais c'est à partir d'elles qu'on pourrait concevoir une théologie de la nature qui tiendrait compte de nos connaissances actuelles sur les espèces vivantes. Le moine nestorien Isaac de Ninive définissait déjà, au VIIe siècle, l'homme compatissant comme un cœur qui brûle pour toute la Création, pour les hommes et pour les bêtes : « Lorsqu'il pense à eux, lorsqu'il les voit, ses yeux versent des larmes », écrit-il.

Et qui d'autre ?

Il faudrait citer Pythagore, Porphyre, le disciple et le biographe de Plotin, Raban Maur qui s'était attaqué aux jeux du cirque, Scot Erigène, saint François d'Assise dont nous avons déjà parlé, un certain Daniel Sennert qui, au XVIIe siècle, fut accusé d'impiété et de blasphème pour avoir soutenu que l'âme des animaux pouvait continuer à vivre après la mort. Les Anglo-Saxons ne sont pas en reste : Richard Occrton envisageait même une vie après la mort pour les moustiques, les puces et les crapauds !

Et en France ?

Sous le règne de Louis XIV, un prêtre athée du nom de Jean Meslier va prendre fait et cause contre la doctrine de l'animal-machine de Descartes. Descartes distingue en effet l'âme spirituelle, immortelle qui serait le siège de la pensée, et le corps qu'il définit par l'étendue et le mouvement. Il nie donc l'existence d'une âme matérielle et mortelle dont les scolastiques du Moyen Age avaient doté l'animal. Le langage étant la marque distinctive de la pensée, les animaux qui ne parlent pas sont regardés comme des horlogeries. On connaît la réflexion du philosophe Malebranche, disciple de Descartes : « S'il était nécessaire, je prouverais que le principe de la vie d'un chien n'est pas fort différent de celui du mouvement d'une montre. » Lorsque Malebranche repousse un chien à coups de pied, il rétorque à Fontenelle qui s'en était indigné : « Eh quoi ? Ne savez-vous pas que cela ne sent rien ? » La théorie de l'animal-machine a remporté naturellement un très grand succès auprès du clergé.

Mais vous ne m'avez pas dit si vous croyiez à l'immortalité des mammifères.

Le philosophe Charles Bonnet affirmait au XVIIIe siècle que « l'opinion commune qui condamne à une mort éternelle tous les êtres organisés à l'exception de l'homme appauvrit l'univers ». Il me semble que je suis assez d'accord avec lui. Mon père s'était aussi indigné du sort des bêtes qui mouraient sans lendemain, comme excommuniées, participant à la douleur mais pas à la prière. Il s'étonnait que la théologie traditionnelle ne cherche pas une réponse à cette énigme.

Insister, comme votre père l'a fait, sur la souffrance des animaux, c'est considérer que ce monde est imparfait, que la Création n'est pas à l'image du Créateur...

On a accusé mon père d'être manichéen, en effet. La vision du Perse Mani était fondée sur l'existence de deux pouvoirs antagonistes, en lutte continuelle, Dieu ou la Lumière, la Matière ou les Ténèbres. Parce qu'il avait succombé aux puissances des Ténèbres, l'homme ne pouvait atteindre à la délivrance qu'au prix d'une continence absolue, d'un renoncement à toute violence et toute souillure. Le manichéisme procède bien entendu pour une grande part du zoroastrisme ancien. Si les Perses n'avaient pas été battus à la bataille de Salamine, l'Europe serait aujourd'hui persane d'un bout à l'autre.

Mais qu'est-ce qu'un Dieu qui n'est pas tout-puissant ?

C'est le Père céleste dont parle le rabbi, non pas tout-puissant mais « tout-voulant ». Il se heurte au mal qui est là pour contrecarrer ses initiatives. La parabole du bon grain et de l'ivraie dans l'Evangile cherche à nous faire comprendre qu'il existe une puissance qui peut s'opposer au Père.

Vous croyez à l'existence de cette force négative contre laquelle Dieu aurait à se battre ?

Il n'y a pas lieu de la personnaliser. Je ne crois pas au Diable si c'est cela que vous me demandez. Je crois au mal, oui. Mais ce qu'il est, je n'en sais rien. Pour mon père le mal était endémique. Ce qui pouvait justifier notre étonnement c'était le bien. Qu'à l'intérieur du royaume du mal se soit immiscé le Dieu de l'Evangile, c'est ce qui le surprenait.

Je ne comprends décidément pas ce qu'est le mal dont vous parlez...

On peut imaginer que Dieu a lancé le système, qu'il a donné une pichenette au point de départ et qu'ensuite les choses se sont déroulées d'une manière inattendue. A-t-il prévu par exemple la succession des espèces et des groupes sur la Terre ? C'est peu probable. Dans l'histoire de l'évolution, les groupes semblent disparaître au terme d'un délai qui leur était imparti. Les dinosaures quittent la scène quand leur temps est accompli. Les ammonites se sont retirées de la même façon. Et lorsque viendra le tour des hommes et donc des mammifères qui ont remplacé les dinosaures, un autre groupe leur succédera. La manière dont les hommes se sont comportés sur la Terre ne devrait pas occasionner de bien grands chagrins ! N'imaginez pas des obsèques universelles, un cortège de pleureurs et de pleureuses.

Vous n'imaginez pas que l'idée de l'évolution soit celle d'un Dieu d'amour ?

Mais regardez un peu ce que l'homme a fait subir aux autres créatures ! C'est abominable ! Les choses ont mal tourné à partir de l'invention de la poudre à canon. Voici la plus funeste invention de l'*homo sapiens sapiens*. Imaginez une planète sans armes à feu. Tout serait différent ! Il y aurait même des oiseaux dans les rues de Paris. Il y a bien des pigeons et quelques malheureux piafs, mais on ne peut comparer le ciel de la capitale avec celui de Delhi ! Un nombre important d'espèces disparaissent tous les ans sur la Terre sans qu'on ait pu les étudier. Des forêts tropicales s'effacent de nos cartes avant qu'on en ait fait l'inventaire. Comment voulez-vous que le Dieu créateur soit tenu responsable de telles absurdités ?

La fin de l'espèce humaine n'entraînerait donc pas la fin de la vie sur Terre ? La Terre continuerait à tourner autour de son étoile...

Bien entendu, parce que l'on prévoit que la Terre durera encore plusieurs milliards d'années, comme le Soleil. Si, à la suite d'une catastrophe nucléaire, la vie disparaissait de la surface de la Terre, elle pourrait peut-être se maintenir dans les eaux. Les mers occupent les trois quarts de la surface de la planète avec une moyenne de profondeur de 4 000 mètres. Cela fait beaucoup de monde jusqu'aux plus grandes profondeurs, c'est-à-dire 11 000 mètres.

Les mammifères ont remplacé les dinosaures. Mais qui remplacera les mammifères ?

Certains pensent aux insectes. Je pense pour ma part que les céphalopodes pourraient être de possibles candidats.

Vous voyez des poulpes, des calmars concevoir dans 5 ou 10 millions d'années un nouveau Nouveau Testament ?

Les céphalopodes possèdent des organes des sens très développés, des yeux aussi perfectionnés que les nôtres et on croit pouvoir avancer aujourd'hui que les pieuvres ont une mémoire. L'évolution reprendrait, non pas là où l'homme l'aurait laissée, mais à un stade antérieur et se poursuivrait encore quelques millions d'années. Pour sortir de l'eau et respirer l'air sous sa forme gazeuse, les céphalopodes devraient redécouvrir à leur tour les poumons comme ils devraient aussi apprendre à protéger leurs œufs contre la dessiccation.

Je vous suivais avec intérêt mais je comprends tout d'un coup que l'histoire que vous racontez ne nous concerne plus !

Autant que la nôtre concernait les dinosaures !

Mais comment vous en sortez-vous alors pour justifier la cruauté des espèces entre elles, le sadisme des hommes ?

Je ne m'en sors pas très bien. Je constate.

Il est sans doute difficile dans ces cas-là d'accorder son esprit scientifique avec sa foi...

Je répondrai en citant le fameux texte de saint Paul (I Corinthiens, 13) : « Quand je parlerais les langues des hommes et des anges, si je n'ai pas l'amour, je ne suis plus qu'airain qui sonne ou cymbale qui retentit. Quand j'aurais le don de prophétie et que je connaîtrais tous les mystères et toute la science, quand j'aurais la plénitude de la foi, une foi à transporter les montagnes, si je n'ai pas l'amour, je ne suis rien... » Je crois avoir essayé, dans la mesure du possible, de faire de la science tout en vivant ma foi.

En tant qu'homme de science, vous attendez que le christianisme évolue ?

Les partisans de la théologie évolutive défendue par le mathématicien Whitehead — nous en avons parlé — affirment qu'à partir d'une perception de l'unité de l'être et de l'univers à laquelle avaient atteint les grands mystiques et que semble aujourd'hui confirmer la science, il faut conclure qu'aucun abîme ne sépare la matière de l'esprit, les objets inanimés des êtres vivants, les animaux des hommes. Difficile conversion pour nos théologiens, je le comprends ! Le monde n'est plus le jouet de l'homme mais son partenaire, son compagnon, son frère. Je me souviens que Teilhard de Chardin, avec qui j'ai correspondu, m'écrivait que sa conviction profonde était que l'Humanité était « obscurément » en train de découvrir « une nouvelle face de Dieu ». Sa lettre date de 1951.

Les théologiens chrétiens sont naturellement très réticents à intégrer les conséquences d'un certain nombre de découvertes faites dans le domaine des sciences...

Toutes les professions de foi des Eglises chrétiennes commencent par le symbole d'Athanase : un seul Dieu en trois personnes distinctes et égales. Rendez-vous compte que pour faire partie du conseil œcuménique des Eglises, une Eglise doit faire la preuve qu'elle est trinitaire ! Cela n'a pas été facile pour l'Eglise réformée de France qui n'est pas trinitaire, mais évangélique. L'histoire de l'Eglise s'est arrêtée à Nicée en 325. Personnellement, je ne comprends rien aux questions théologiques que les Pères rassemblés à Nicée et Constantinople ont débattues. Je ne vois pas pourquoi on a laissé la philosophie grecque envahir l'Evangile. Le concile de Nicée, réuni à l'initiative de l'empereur Constantin qui se piquait de théologie, marque à mes yeux une triste époque pour l'Eglise. A partir de Nicée, l'Eglise va bénéficier de la gendarmerie officielle de Constantinople : les CRS se mettent au service de la sainte doctrine, celle qu'approuvait l'empereur nouvellement converti !

Vous avez évoqué la menace que constituait l'hérésie arienne...

On a si bien réagi contre l'hérésie d'Arius qu'il est pratiquement impossible de retrouver aujourd'hui les écrits ariens. J'aurais tant aimé connaître leurs hymnes, leurs cantiques, leur liturgie, savoir de quelle manière ils faisaient leur office divin...

L'Eglise a fait disparaître toutes les traces des débats qui s'étaient fait jour au sein des premières familles chrétiennes. Pourquoi les Pères grecs n'ont-ils pas adopté le mode du questionnement qui est au cœur du Talmud ?

Parce qu'ils n'avaient pas la subtilité d'esprit qu'ont les rabbins.

Imaginez un Talmud chrétien où le commentaire des Béatitudes proposé par les Pères de l'Eglise figurerait aux côtés du commentaire d'Arius, de Mani, de Nestorius, d'Eutychès, d'un cathare... Pourquoi les théologiens chrétiens n'ont-ils pas opté pour la complémentarité des sensibilités ?

Pour constituer un dogme rigide, si rigide d'ailleurs que personne n'a réussi à le faire évoluer depuis Nicée. Si Arius et l'arianisme l'avaient emporté, on n'aurait jamais considéré le rabbi Jehochoua autrement que comme un homme. Un homme exceptionnel sans doute, mais un homme.

Vous devez choquer beaucoup de gens en affirmant que Jésus n'était pas un Dieu.

Mais sous prétexte que les Pères en ont décidé ainsi à Nicée, on ne va tout de même pas enchaîner la pensée chrétienne pour des siècles ! L'espérance a une fonction très spéciale. Il ne s'agit pas d'un savoir et, a priori, je ne peux augurer de ce que sera la théologie chrétienne dans mille ans. Mais j'ai le droit d'espérer que le bon sens l'emportera. Lorsqu'on m'interroge sur l'au-delà, je peux seulement espérer qu'il y aura quelque chose. Mais pour l'heure je n'en sais rien.

Vous ne vous êtes pas contenté de protester contre le sort que l'homme fait subir aux animaux. Vous militez au sein d'associations protectrices dont nous donnerons la liste à la fin de ce livre. Vous êtes même devenu végétarien.

J'ai pris cette décision à la fin de l'année 1954 au cours d'une traversée de la Majâbat, entre Ouadan et Araouan : 900 kilomètres en ligne droite sans point d'eau. Je voulais prouver qu'on pouvait très bien se passer de consommer des aliments carnés au cours d'un effort physique considérable, celui que mes deux chameliers et moi allions accomplir dans ce no man's land saharien. Mes compagnons, armés de fusils, ne se privaient bien entendu pas de tuer des antilopes, des addax, lorsqu'ils en rencontraient. Je n'ai pas su les en empêcher.

Le but de cette traversée était donc de prouver qu'on pouvait se passer de viande ?

Il s'agissait d'étudier d'abord cette partie du désert saharien qui n'avait sans doute pas dû recevoir de visite depuis le néolithique. Nous nous doutions bien un peu que nous n'allions pas trouver de temple grec ou d'obélisque mais un océan de sable qui se serait étendu entre Calais et Marseille. Encore fallait-il s'en assurer. Cette traversée au long cours a donc été pour moi l'occasion de me passer définitivement d'aliments carnés.

Pourquoi à ce moment ?

Mes enfants m'ont affirmé que j'étais déjà végétarien dans la pratique.

Pour quelles raisons devient-on végétarien ?

Si je lutte d'un côté pour la défense et même le bonheur des animaux, vais-je continuer de l'autre à manger leur chair ? Cette disposition en faveur des animaux est antérieure à mes études de naturaliste. Mon père a sans doute dû m'influencer, comme nous l'avons vu. Mais le végétarisme n'est pas une idée nouvelle. Elle date au moins, en Occident de Pythagore et en Orient de Mahavira, le fondateur du jaïnisme.

Ce désir de ne plus consommer d'aliments carnés a taquiné quelques-uns d'entre nous et surtout à partir du jour où nos vaches sont devenues « folles ». Mais comment trouvez-vous, vous, le courage de joindre le geste à la pensée ?

Demandez à ceux qui soutiennent sans état d'âme le carnivorisme : seriez-vous prêts à tuer vous-même les animaux que vous mangez ? Sans doute hésiteriez-vous, non ?

C'est un ensemble de positions prises pour la protection de la nature et des animaux qui ont amené cette décision de devenir végétarien ?

Pas nécessairement car les gens des associations protectrices ne sont pas végétariens.

Qu'est-ce qui sépare alors une curiosité intellectuelle, une sympathie pour le règne animal et une décision de cet ordre ?

Indépendamment de toute considération éthique, il suffit d'aligner quelques chiffres pour se rendre compte que l'alimentation non carnée est une question de bon sens. On estime aujourd'hui que 38 % de la production mondiale de céréales, 49 % de la production de plantes alimentaires et 90 % de la production de soja sont destinés à l'alimentation du bétail (porcs et volaille compris), représentant 64 % des terres cultivables. Or, il suffirait de consommer seulement 10 % de moins de protéines animales pour libérer une surface agricole permettant de nourrir un milliard d'êtres humains ! Ces renseignements sont donnés par André Méry dans son livre sur les végétariens.

De quoi se compose votre régime alimentaire ?

Mon régime est frugal. Je me nourris essentiellement de pain, de pâtes, de fromages et de fruits. Vous avez l'air de me prendre pour un spécimen humain parfaitement rare mais je puis vous dire que les végétariens sont des millions dans le monde. Il est sans doute possible de considérer les animaux autrement que comme des chaussures, des manteaux ou des steaks.

Cela n'apparaît-il pas comme un luxe de prendre la défense des animaux lorsqu'une partie de l'humanité est encore dans les chaînes de la faim, de la violence, de l'asservissement, de l'humiliation ?

Ceux qui protestent sont ceux qui ne se soucient ni des uns ni des autres. Et pour ceux qui ont espéré des changements dans la nuit du 31 décembre 1999, ils constatent avec un peu d'amertume sans doute que l'homme est aussi méchant le 1er janvier qu'il l'était le 31 décembre.

Révérence à la vie

« Dans la pensée européenne », écrivait Albert Schweitzer, « apparaît lentement la notion que l'éthique ne concerne pas seulement l'humanité mais aussi bien la créature animale. » Vous devez beaucoup à Schweitzer ?

C'est certain. Pour lui, l'éthique aboutissait nécessairement au respect de toute vie. « Pour l'homme moral, disait-il, la vie est sacrée en elle-même. » Il a proposé le principe du respect de la vie comme base de toute morale à la suite d'une sorte d'illumination survenue alors qu'il se trouvait en Afrique équatoriale, en 1915.

Je vous cite : « Cette nouvelle morale du respect de la vie devrait permettre à notre pensée de transcender les raisonnements anthropocentriques où elle se cantonnait jusqu'ici pour découvrir la profonde unité du monde vivant et la solidarité des choses et des êtres d'un bout à l'autre de la chaîne des organismes. Il faut retrouver ce que l'homme moderne a depuis longtemps perdu, le sens du cosmique. » Comment définissez-vous cette pensée cosmique ?

C'est le sens de l'unité du cosmos. Nous ne sommes pas en dehors du tableau. Nous participons pour notre part à quelque chose de plus grand que nous.

L'homme n'a-t-il pas un rôle spécifique à jouer dans l'univers ?

Non. L'homme doit seulement découvrir qu'il est solidaire de tout le reste. C'est en éprouvant cette solidarité avec les autres êtres vivants que nous nous approcherons de l'Esprit universel. Celui qui cueille une fleur dérange une étoile, écrivait un poète anglais. Il n'y a que les poètes pour oser dire des choses pareilles !

Les astrophysiciens ne retrouvent-ils pas d'une certaine manière cette pensée cosmique ?

Vous avez raison. Trinh Xuan Thuan constate par exemple que les mécanismes que nous observons dans le fonctionnement du cosmos sont si précis et si exacts qu'on en vient à se demander si l'horloger n'est pas indispensable à l'horloge. C'était l'argument des théistes. C'était celui de Voltaire.

Si vous ne trouvez pas les preuves de l'existence de Dieu, où sont celles de son inexistence ?

Cet horloger ne rappelle-t-il pas le grand architecte des Francs-Maçons ?

Pourquoi pas ? J'apprécie la démarche des Maçons, et particulièrement des Maçons de rite écossais. Je leur ai même confié une fois une édition de la Bible qui, dans leur temple, est ouverte au prologue de l'Evangile de Jean. Il faut bien s'entraider entre mécréants !

Pensez vous alors que l'Occident soit à nouveau en situation d'élaborer une vision cosmique ?

La théorie de l'évolution a certainement renforcé, pour une part non négligeable, un certain sentiment de solidarité avec les autres êtres vivants. Comment, dans ces conditions, continuer à brutaliser ceux qui, au même titre que nous, font partie de cette aventure ? Il semble difficile de nier en effet que nous sommes le produit d'une nébuleuse primitive, de morceaux d'univers, dont notre sang porte les éléments. Les Anciens avaient intuitivement pressenti ce que la science aujourd'hui vient confirmer : tout se tient.

Je vous cite encore : « L'unité du monde vivant est prodigieuse, non seulement en ce qui concerne les noyaux des cellules et la composition de l'ADN mais jusque dans des détails très curieux. Par exemple le nombre d'éléments qui compose les flagelles est identique chez tous les êtres vivants, algues, animaux, tissus de toutes sortes. » Que sont les flagelles ?

Les flagelles sont les propulseurs grâce auxquels les cellules dites flagellées se déplacent. Il se trouve que le nombre d'éléments qui composent ces flagelles est identique chez tous les êtres vivants.

Cette approche de l'unité à laquelle vous nous invitez, votre expérience du désert vous l'a-t-elle rendue plus aiguë, plus évidente ?

Au désert on perçoit mieux qu'ailleurs cette origine commune des choses. Bien entendu. « Il y a en chaque descendant d'Adam une parcelle de l'Esprit de Dieu », disait Tierno Bokar. Il faudrait élargir la formule pour inclure tous les êtres vivants. Le groupe des crustacés que j'ai étudié présente d'une espèce à l'autre de telles différences qu'on n'imaginait pas, au temps de Cuvier, pouvoir les ranger sous la même bannière... sans même parler des quantités d'espèces inconnues qu'on découvre chaque année ! Et tout cela procède pourtant d'une même origine. C'est prodigieux !

L'œuvre et la pensée d'Albert Schweitzer vous ont influencé, mais vous n'avez pas hésité aussi à puiser à d'autres sources ?

J'accueille toute proposition qui me paraît digne d'intérêt et quelle que soit son origine ; tout ce qui n'est pas vénéneux en somme. On a bien tort par exemple de juger l'islam à partir des faits et gestes des fondamentalistes arabes. Le soufisme, qui en est le cœur vibrant, véhicule quelques-unes des plus hautes formes d'expression de la sagesse universelle. Tenez, connaissez-vous cette histoire du soufi qui arrive à la porte du Paradis, tout étonné de se trouver là ? « Pourquoi serais-je convié à fouler l'herbe de ce jardin ? », se demande-t-il. Il avise le portier auquel il demande de lui dire ce qu'il fait là. Est-il là parce qu'il a beaucoup prié ? « Non, ce n'est pas pour cela », répond le portier. Est-il là parce qu'il a beaucoup jeûné ? « Mais non, il n'est pas question de ça. — Alors, pourquoi est-ce que je suis là ? », insiste le soufi. « Une nuit d'hiver, à Bagdad, il faisait très froid, et tu as recueilli une petite chatte perdue et tu l'as réchauffée dans ton manteau. » Vous comprenez que cette histoire me touche. L'islam ne se réduit pas à cela mais c'est aussi cela.

Vous nous parlez souvent de Tierno Bokar...

Tierno Bokar vivait à Bandiagara, au cœur du pays des Dogons. Tailleur et brodeur de son état, il avait rejoint la Tidjâniyya, une confrérie soufie très active dans le continent africain. On rapporte que, dans le vestibule où se réunissaient ses élèves, un poussin d'hirondelle dégringola un jour de son nid en plein milieu du cours de théologie. Comme personne n'avait réagi, Bokar demanda qu'on lui apporte « ce fils d'autrui ». Puis en inspectant le nid d'où le poussin était tombé, il remarqua que celui-ci était endommagé et risquait de laisser choir les autres oisillons qui s'y trouvaient. Grimpé sur un escabeau, il répara donc, avec du fil et une aiguille, devant ses élèves interloqués, le nid d'hirondelles. Puis, au lieu de reprendre son cours, il dit (ses paroles sont rapportées dans le livre qu'Amadou Hampâté Bâ lui a consacré) : « Il est nécessaire que je vous parle de la charité, car je suis peiné de voir qu'aucun de vous n'a suffisamment cette vraie bonté du cœur. Et cependant quelle grâce ! Si vous aviez un cœur charitable, il vous eût été impossible de continuer à écouter une leçon quand un petit être misérable à tous points de vue nous criait au secours et sollicitait notre pitié. » On retrouve ici quelque chose de la morale de l'histoire soufie que je vous ai racontée. « Eh bien, mes amis, reprend Bokar, en vérité, celui qui apprendrait par cœur toutes les théologies de toutes les confessions, s'il n'a pas de charité dans son cœur, ses connaissances ne seront qu'un bagage sans valeur. »

Votre ami Hampâté Bâ avait-il reçu l'enseignement de Tierno Bokar ?

Ils avaient une passion commune pour les chiffres et la valeur numérique des lettres de l'alphabet. Je me souviens avoir vu dans le vestibule de la maison de Bokar à Bandiagara les dessins très particuliers qu'il faisait. Hampâté Bâ était membre de la Tidjâniyya Hamalliyya, branche de la Tidjâniyya fondée par le cheikh Hamallah qui a été exilé en France où il est mort. Hampâté Bâ travaillait à la mairie de Bamako et, parce qu'il était hamalliste, il connaissait toutes sortes de difficultés avec l'administration coloniale. C'est de là que je l'ai tiré en obtenant sa mutation à l'Institut français d'Afrique noire que je dirigeais alors. Il a raconté un peu partout que je lui avais sauvé la vie. Je ne crois pas que ce soit vrai.

Comment l'aviez-vous connu ?

Il m'avait écrit. Hampâté Bâ avait quelque chose de la lumière de Tierno Bokar et c'était un grand conteur. L'IFAN n'a été pour lui qu'un marchepied vers l'Unesco et la diplomatie. Parmi tous les écrits qu'il a laissés se trouve le troisième volume de son autobiographie commencée avec *L'enfant peul* et *Bonjour mon comman-*

dant. C'est dans ce troisième volume qu'il doit parler de notre rencontre et je suis très impatient de le lire.

Vous vous êtes toujours senti proche de ces gens dont les actes, l'existence même témoignent d'une approche éthique du monde. C'est dans cette direction-là que vous aimeriez que les chrétiens et les gens qui pensent en Occident s'engagent ?

Il faudrait déjà s'accorder sur un ensemble de décisions à l'échelle internationale pour empêcher que la planète ne soit entièrement ravagée. Une convention internationale liant tous les Etats qui se partagent le territoire de l'Antarctique stipule qu'on ne pourra pas y toucher pendant cinquante ans. C'est une mesure de protection utile, mais que se passera-t-il au-delà de ce délai ? Il est facile de faire des prévisions.

Si les individus ne comprennent pas la nécessité de protéger la planète que nous habitons, faut-il s'orienter vers une Déclaration des devoirs de l'être humain et du citoyen qui aient valeur prescriptive ?

Pourquoi ne pas essayer ?

Ceux qui n'auraient pas trié correctement leurs poubelles, qui n'auraient pas fait contrôler leur véhicule, qui laisseraient derrière eux les reliefs de leur pique-nique, seraient passibles d'une amende et d'une procédure judiciaire.

Un philosophe américain du nom d'Aldo Leopold se demande même s'il ne faudrait pas envisager un droit de la planète incluant les êtres vivants qu'elle abrite, les océans, les terres émergées, la géologie... Mais ce n'est pas le principal souci des êtres humains et la guerre continue à mobiliser les intelligences.

Ne peut-on attendre des prochains voyages dans l'espace qu'ils rendent plus évidente la nécessité de protéger notre planète ?

Pourquoi ?

Si la preuve nous était donnée qu'il existe d'autres formes de vie dans l'univers, nous serions sans doute amenés à repenser notre histoire, à reformuler les termes de la relation entre les espèces, à manifester plus de solidarité avec les créatures qui peuplent cette planète face à l'inconnu ?

Si l'homme est en mesure de conquérir et de s'installer sur Mars ou Titan, pensez-vous qu'il se comportera autrement qu'il s'est comporté sur la Terre ?

Prenant un peu de hauteur, l'homme modérera ses ardeurs destructrices.

Parce qu'il pourra les transporter ailleurs !

Regardez comment certains problèmes sont envisagés de nos jours à une échelle internationale lorsqu'ils appelaient autrefois des réponses locales et contradictoires. Dans l'histoire de l'humanité, c'est assez nouveau...

Les changements que vous attendez ne sont pas impossibles... mais ils concernent les temps messianiques. Ce n'est pas nous qui les verrons.

Comment réussissez-vous à concilier ce pessimisme teinté d'espérance messianique et ce militantisme teinté de pessimisme ?

Je continue à chercher, à essayer de nourrir une foi qui soit crédible. Les gens sont souvent scandalisés lorsqu'on leur dit qu'il faut faire évoluer la foi. Et pourtant il est plus que jamais temps de rebâtir une pensée chrétienne.

Mais pourquoi, encore une fois, ce pessimisme ?

Il me semble que l'aventure des primates est mal engagée. Peut-être accepteraient-ils encore de changer d'attitude et je ne désespère pas qu'ils le fassent un jour. Il est cependant très difficile de revenir en arrière pour rejoindre ce point de bifurcation où s'est présentée à eux la possibilité d'un choix. Je ne crois pas non plus qu'il existe des raccourcis transversaux qui permettraient de quitter une voie pour une autre.

A quand remonte cette bifurcation ?

Il est difficile de la situer. Sans doute à partir du moment où il y a eu la ville avec son temple, son palais, sa prison, sa banque et son mauvais lieu.

La science vous fait dire que tout est perdu et la foi que tout est gagné, c'est cela ?

Je vous l'ai dit, je tiens beaucoup à l'espérance. C'est une espérance à visée messianique, qui concerne donc la fin du monde.

Vous ne vous rendez peut-être pas compte de ce que l'être humain a déjà exploré, inventé, créé, ordonné qui pourrait, si nous le voulions bien, faire oublier ses mauvais coups, ses échecs, ses brutalités... Hölderlin dit que là « où croît le danger croît aussi ce qui sauve ».

Il en faudrait beaucoup tout de même pour arriver à orienter autrement cette aventure. Et pendant ce temps le chronomètre nucléaire est en marche : de combien de temps disposons-nous pour désamorcer toutes les bombes que nous avons stockées sur la Terre ? Comment influencer les crocodiles qui nous gouvernent ?

Mais pourquoi, encore une fois, ne privilégier que les mauvais côtés ? Si nous nous attachions à tout ce que nous avons réussi ?

Nous avons réussi sur un plan matériel, c'est vrai.

Entrez dans la chambre d'un adolescent : l'état de désordre et de saleté vous fera craindre pour la santé mentale de son locataire. Mais si vous retrouvez celui-ci trente ans plus tard, vous aurez peut-être affaire à un adulte maniaque, champion de l'aspirateur et grand défenseur de l'environnement. Et si l'humanité traversait une sorte de crise d'adolescence qui annoncerait des jours meilleurs ?

Votre hypothèse n'est recevable que si vous supposez que l'espèce humaine dispose de quelques milliers d'années devant elle. A la manière des groupes zoologiques ou botaniques, l'homme est certainement programmé lui aussi pour vivre un certain laps de temps avant de céder sa place. Mais c'est un fait qu'il cherche à abréger cette durée en prenant des risques inconsidérés.

Dites-nous plutôt comment convertir les gens à l'espérance active et les faire renoncer à ces attitudes suicidaires ?

Je ne sais pas.

Comment alerter tous ces gens qui dorment ? Comment leur dire que nous courons de vrais dangers parce qu'ils ne veulent pas, précisément, sacrifier quelques heures de leur sommeil ? Vous n'avez pas une recette ?

Je n'en ai pas.

Et si l'Education nationale permettait aux enfants de passer une année entière au cours de leur scolarité dans le désert, dans la forêt tropicale, dans la savane... Cette éthique du respect ne compterait-elle pas quelques adeptes de plus ?

Certainement. Il faudrait essayer. Mais vous parlez déjà des temps messianiques. Aujourd'hui, ce ne sont que quelques jeûneurs rassemblés à Taverny, ou à Kaysersberg pour protester contre les dangers du nucléaire civil et militaire. Rien de plus.

Puisque l'Etat met notre avenir en danger, nous devons entrer en résistance, c'est ce que vous voulez dire ?

Le mouvement de désobéissance civile est né avec l'écrivain Henry David Thoreau, l'auteur de *Walden ou la vie dans les bois*. Il avait passé une nuit en prison parce qu'il avait refusé de payer une taxe réclamée par la législation sur les esclaves et son ami, le philosophe panthéiste Ralph Emerson, est venu le délivrer. Thoreau rédigea ensuite un essai, *Désobéissance civile,* dont procède un mouvement non-violent particulièrement important. Il existe aujourd'hui des stages où on apprend aux citoyens à désobéir, à tromper l'adversaire, à détourner les panneaux indicateurs comme les Tchèques l'ont fait au moment de l'invasion de la Tchécoslovaquie par les chars russes.

Les Français sont aujourd'hui capables de tromper l'Etat en trichant sur leur déclaration de revenus, mais pourquoi ne mettent-ils pas leur ruse au service d'une action plus courageuse ?

Il faudrait exiger que toutes les décisions qui engagent notre avenir soient prises devant le peuple, que ce ne soit plus le fait du prince. Mais le prince a des complices.

Nous sommes complices en nous taisant.

Absolument. Nous devons obtenir que l'Etat procède à un vrai désarmement. Il est déjà très important que la France ait supprimé la conscription obligatoire. Les jeunes Français ne sont plus obligés de consacrer un an de leur vie à l'armée. C'est un progrès considérable ! Le statut d'objecteur de conscience, rédigé par Robert Debré, le père du Premier ministre de De

Gaulle, prévoyait d'affecter les objecteurs à des tâches d'intérêt général, mais les traitait comme des coupables. Mon fils Ambroise a été parmi ces premiers jeunes Français objecteurs de conscience expédiés dans le Var pour porter secours aux accidentés de la route. C'était pourtant une belle manière de servir la nation ! Il se trouve que le père de l'auteur de ce statut était rabbin à Rouen et qu'il a été le collègue de mon père. Il n'y a plus qu'une armée de métier aujourd'hui en France. C'est un progrès indéniable.

Il serait amusant de convertir cette année qu'on donnait à la guerre pour la consacrer à l'édification de la paix.

Ce serait magnifique. Nous avons enterré récemment Mouna, Pierre Dupont de son vrai nom, un pacifiste convaincu, une grande âme qui haranguait la foule et rassemblait des auditoires considérables.

Une espèce de Diogène.

C'était un prophète. Il évoluait surtout dans le cinquième et le sixième arrondissement. Nous nous embrassions chaque fois que nous nous rencontrions. J'aimais beaucoup Mouna. Je me souviens que nous avions passé plusieurs heures dans la cage grillagée d'un commissariat de police de la rue de Thorel à la suite d'une manifestation sur les grands boulevards en faveur des objecteurs de conscience, précisément. Nous nous étions attachés ensemble avec de la ficelle et nous avons donc été ramassés ensemble ! Une fois dans le commissariat, il faut un certain temps aux flics pour aller vérifier les déclarations que vous leur avez fournies. Puis lorsqu'ils vous lâchent, c'est au compte-gouttes : ils ont trop peur que, relâchés ensemble, vous finissiez par vous agglutiner à nouveau. Mouna avait une petite trompette avec lui et portait un insigne de non-violent fabriqué par mon fils Ambroise. Il a été incinéré au crématorium du Père-Lachaise le 18 mai dernier. Beaucoup de jeunes gens étaient présents. J'ai pris la parole pour rappeler ce que nous devions à ce personnage.

Pourtant la majorité d'entre nous continuent à ne pas percevoir la gravité des menaces et donc ne comprennent pas la nécessité de réformer leur conduite. On ne voit pas, dans ces conditions, que le mouvement de « Désobéissance civile » soit si contagieux !

Tout cela est savamment arrangé, ne vous inquiétez pas ! De brillants technocrates organisent la mise en condition du citoyen. Et voyez les résultats : un troupeau passif qui n'ose pas ou ne croit même pas utile de protester.

Soyons un peu utopiste.

L'utopie est simplement ce qui n'a pas encore été essayé.

Bien. Imaginons que toutes les associations dont vous êtes membre, par la voie de leur secrétariat, contactent des mouvements associatifs idéologiquement ou politiquement ou religieusement proches ou amis pour informer leurs adhérents qu'un grand rassemblement non-violent se tiendra un dimanche du mois d'août 2000 sur les Champs-Elysées. Tous les adhérents préviennent par voie postale, téléphonique, électronique, les relations, amis, familles de la tenue de cette réunion. Le prétexte est, naturellement, de demander aux gouvernements de répondre, point par point, aux grandes interrogations touchant le nucléaire civil et militaire. Mais l'occasion est aussi de se réunir pour chanter, pour célébrer une ère nouvelle qui marque la fin des démocraties autoritaires et chauvines. Il est recommandé aux manifestants d'emporter leur couverture pour se coucher par terre, le moment venu. Si les adhérents ont bien fait leur travail de propagande, il n'est pas impensable d'envisager que des militants du monde entier se sentent bientôt concernés par cette action et organisent, dans chaque grande capitale, une manifestation de même tonalité et de même ampleur.

Pourquoi pas ?

Supposons maintenant que des milliers de personnes, dans chaque pays, se réunissent à l'appel de ces organismes, à l'appel de leurs proches et amis, comme on réussit à réunir en quelques semaines des millions de personnes pour voir le même film. Résultat : dans chacune de ces grandes agglomérations, la circulation s'arrête. La politique marque le pas.

Ah !

Les citoyens réalisent tout d'un coup qu'ils sont une force d'opposition considérable.

Ce serait évidemment extraordinaire si l'on y parvenait. Mais j'ai peur de vous décevoir encore : les gens ne voient pas aussi loin, vous savez, ils vivent au jour le jour. Pour les gouvernants c'est encore pire ! Pensent-ils seulement à ce qui se passera dans cinq mille ans ? La ligne d'horizon, ce sont les prochaines élections.

Finalement qui se sent concerné ? La plupart du temps, ceux qui militent pour la paix sont également ceux qui militent pour les prisonniers politiques et ceux qui protestent contre les méthodes d'abattage sont ceux qui voudraient interdire la chasse : une poignée de combattants, de pionniers de la désobéissance civile.

On a vu cependant des associations de citoyens contrecarrer des projets gouvernementaux, empêcher la construction d'une centrale nucléaire, exiger la modification du tracé d'une autoroute. Mais les succès sont dérisoires au regard de ce que l'Etat a fait sans nous consulter ou en profitant du fait que les Français ne répondaient pas à ses appels feutrés. Nous profitons simplement aujourd'hui de ce que les certitudes du lobby nucléaire sont ébranlées au moment où se posent le problème des déchets d'une part et celui du vieillissement des centrales d'autre part. Les communes choisies pour l'enfouissement des déchets refusent de recevoir ce cadeau empoisonné et les centrales parviennent toutes à l'âge de la retraite. Pour ne rien dire des incidents graves survenus aux Etats Unis, en Russie... Et tous ceux pour lesquels nous n'avons pas été informés. Qu'allons-nous faire ?

La situation est donc, à vous entendre, suffisamment grave pour justifier un coup de force ? On en revient alors à notre grand rassemblement sur les Champs-Elysées.

J'ai participé à ce genre de manifestation en Bretagne — un dye-ing plutôt qu'un siting. Nous nous étions donc couchés par terre mais je me souviens que le sol était mouillé !

Imaginons que ce petit livre n'ait servi qu'à cela : lancer l'idée d'un rassemblement international pour le respect de la vie marquant une nouvelle prise de responsabilité des citoyens pour l'avenir de leur jardin cosmique.

Pourquoi pas ? On retrouverait peut-être en fin de compte sur les Champs-Elysées les mêmes vingt ou trente personnes qui viennent chaque année à Taverny ! Il faudrait éviter que les gens multiplient les initiatives et les fragilisent de cette manière. Greenpeace lance par exemple un appel qui veut réunir 100 000 signatures en France pour stopper le nucléaire. Tout se fait en général dans le plus grand désordre et sans aucune concertation. Chacun lance son mot d'ordre sans se soucier de ce que les autres ont entrepris. Et c'est à nouveau la vieille règle qu'appliquent tous les puissants de la terre et dont les mouvements associatifs ont été victimes sans même s'en rendre compte : diviser pour mieux régner.

Au moment où nous entrons dans l'Europe, ne croyez-vous pas que cette grande fête aurait la valeur d'un magnifique symbole ? Vous y croyez, à cette Europe ?

Les Etats Unis d'Europe, ce serait probablement une belle chose, mais ce n'est pas encore fait.

Vous auriez aimé prendre une part active à la réalisation de cette confédération ou cette fédération des Etats européens ?

La question ne se pose pas.

Vous avez pourtant bien l'éternité devant vous, non ?

Je n'affirme rien dans ce domaine parce que je ne sais pas. Je vous l'ai dit, j'ai simplement le droit d'espérer. Vous vous souvenez de ce que Thoreau a dit avant de mourir ? On le pressait de questions à propos de ce grand passage et lui a seulement répondu : « *One world at a time.* » (« Un monde à la fois. ») Je ne sais même pas si cet au-delà existe. Mais j'approche du moment où je vais peut-être savoir.

C'est un peu dommage que vous ne puissiez faire un petit livre une fois passé de l'autre côté. Cela nous rendrait bien service.

Je pourrais emporter un téléphone portable. Il y a la solution du spiritisme mais, à la vérité, ces expériences sont toujours très décevantes. Les morts qui sont censés converser avec les vivants ne disent que des banalités ! Il y a des volumes entiers de révélations spirites qui ne sont que ces platitudes accablantes. Cela ne vaut donc pas la peine de s'aventurer dans cette voie-là.

Vous êtes un partisan de la crémation ?

La crémation compte beaucoup d'adeptes. Mais ce n'est pas très poétique, cette petite boîte que vous pouvez conserver par-devers vous. Légalement, c'est possible. Vous n'avez par contre pas le droit d'avoir une tombe dans votre jardin.

Vous avez pris des dispositions en ce qui concerne votre grand départ ?

Il y a un dossier entre les mains de mon fils Ambroise. La question peut se poser d'un jour à l'autre. Il ne faut pas trop embêter les vivants avec sa mort. J'ai donc laissé des instructions précises : mon corps sera acheminé jusqu'à Châtillon-sous-Bagneux où une place m'attend à côté de mes parents, de ma femme et de mon frère Sylvain.

Pourquoi Châtillon-sous-Bagneux ?

Parce que le Père-Lachaise est complet. Les Monod y occupent la sixième division, chemin des Acacias.

Nous concluons ces entretiens par la liste des principales associations auxquelles Théodore Monod a apporté et apporte aujourd'hui encore son soutien. Les textes de présentation sont extraits des documents qui nous ont été adressés.

Alliance pour la Suppression des Corridas (ASC), B.P. 85 — 30000 Nîmes cedex 4.

Tél.-fax : 04 66 64 22 97.

Site web : http://www.anticorrida.fr.to

Date de création : 1994. Périodique : un bulletin d'information semestriel. Personne à contacter : Claire Starozinski, présidente-fondatrice d'ASC.

« *L'Alliance pour la Suppression des Corridas a pour but l'abolition des coups, blessures, violences de quelque nature qu'ils soient, infligés aux chevaux et taureaux lors des spectacles tauromachiques à la mode espagnole, et principalement la suppression absolue de ces spectacles.* »

(Les) Amis de la Terre, 2-B, rue Jules-Ferry — 93100 Montreuil.

Tél. : 01 48 51 32 22. Fax : 01 48 51 33 23.

e-mail : amiterre@micronet.fr — site web : http://www.amisdelaterre.org

Date de création : 1970. Périodiques : « Le Courrier de la Baleine » ; « Les Etudes et Documents » sur des questions environnementales. Personne à contacter : Ben Lefetey, président des Amis de la Terre.

« Berceau du mouvement écologique français, les Amis de la Terre France sont membres de la fédération internationale des Amis de la Terre qui regroupe près de 60 organisations nationales. » Les Amis de la Terre participent notamment au débat sur les OGM, militent pour la sauvegarde des dernières forêts d'Afrique, etc.

Amnesty International, 76, bd de la Villette — 75019 Paris.

Tél. : 01 53 38 65. Fax : 01 53 38 55 00.

Site web : http://www.amnesty.asso.fr/

Date de création : 1961. Périodique : « La Chronique », mensuel.

« L'action d'Amnesty est fondée sur la Déclaration universelle des droits de l'homme adoptée par les Nations unies en 1948. Ces droits proclamés s'appliquent à tous. Amnesty s'attache à la protection de ces droits en agissant pour la libération mondiale et inconditionnelle des prisonniers d'opinion, pour un procès équitable et dans un délai raisonnable pour tous les prison-

niers politiques, pour l'abolition de la torture et de la peine de mort, pour la fin des "disparitions" et assassinats politiques. »

Anti Slavery International (ASI), Thomas Clarkson House — the Stableyard — Broomgrove Road — London SW9 9TL — United Kingdom.

Tél. : 44 0 17 19 24 95 55.

Fax : 44 0 17 17 38 41 10.

e-mail : antislavery@gn.apc.org — site web : http://www.charitynet.org/~asi

Date de création : 1825. Périodique : « AntiSlavery Reporter », mensuel. Personne à contacter : Mike Dottridge, directeur de ASI.

« Anti Slavery International (ASI) promotes the eradication of slavery and slavery-like practices and freedom for everyone who is subjected to them. The abuses which ASI opposes include : slavery and the bying and selling of people as objects ; trafficking of women and the predicament of migrant workers who are trapped into servitude ; debt bondage and other traditions which force people into low status work ; forced labour ; forced prostitution ; abusive forms of child labour ; and early or forced marriage and other forms of servile marriage. ASI focuses on the rights of people who are particularly vulnerable to exploitation of their labour, notably women, children, migrant workers and indegenous peoples. »

Armée du Salut, 60, rue des Frères-Flavien — 75976 Paris cedex 20.

Tél. : 01 43 62 25 00. Fax : 01 43 62 25 56.

e-mail : salut@teaser.fr — site web : http://www.teaser.fr/salut

Date de création : La « Christian Mission » fondée par William et Catherine Booth devient la « Salvation Army » (« Armée du Salut ») en 1879. Périodique : « Soupes de nuit », bulletin trimestriel et « En avant », hebdomadaire. Personnes à contacter : Georges Mailler (président) et Brigitte Boucher (responsable des dons et legs).

« Armée de la paix, l'Armée du Salut est "Eglise de la rue", et son message évangélique reste étroitement associé à l'action sociale. "Soupe, Savon, Salut" : à travers ce slogan se trouve résumé l'esprit pragmatique dans lequel l'Armée du Salut effectue sa mission. Ainsi, sans se réduire à une simple institution caritative, elle exprime une conception de la vocation chrétienne vécue dans un service désintéressé pour les autres. »

Association Nationale de Prévention de l'Alcoolisme (ANPA), 20, rue Saint-Fiacre — 75002 Paris.

Tél. : 01 42 33 51 04. Fax : 01 45 08 17 02.

e-mail : anpa@club-internet.fr

Périodique : « Alcool ou santé ». Personnes à contacter : Jacqueline Fournier (présidente) ou Patrick Elineau (directeur).

« L'ANPA a pour but de développer une

politique globale de prévention des risques et des conséquences de l'alcoolisation par tous les moyens en son pouvoir et notamment : par appel à l'opinion et par une action constante auprès des pouvoirs publics et autres décideurs ; par l'éducation de chacun et la formation de relais dans tous les milieux ; par une aide, des soins et un suivi thérapeutique. » Elle a pour but également « de veiller à l'amélioration et à l'application de la législation en la matière et d'exercer ses droits reconnus de partie civile ».

ATD Quart Monde, 107, av. Général-Leclerc — 95480 Pierrelaye.

Tél. : 01 30 36 22 20. Fax : 01 30 36 22 21.

e-mail : reseau@atd-quarmonde.org — site web : http://www.atd-quarmonde.org

Date de création : 1957. Périodiques : « Feuille de Route », mensuel ; « Revue Quart Monde », trimestriel ; « Jeunesse Quart Monde », pour les jeunes ; « La lettre de Tapori », pour les enfants.

« Le mouvement ATD Quart Monde est une organisation internationale non gouvernementale en lutte contre la grande pauvreté et l'exclusion sociale. Il associe, dans une démarche de refus de la misère et de partage des savoirs, des familles vivant en grande pauvreté et des personnes d'horizons sociaux, culturels, politiques et spirituels divers. »

(La) Cimade, Service œcuménique d'entraide, 176, rue de Grenelle — 75007 Paris.

Tél. : 01 44 18 60 50. Fax : 01 45 56 08 59.

Site web : http://www.cimade.org

Date de création : 1939. Périodique : « Causes communes », bimestriel.

« *La Cimade a pour but de manifester une solidarité active avec ceux qui souffrent, qui sont opprimés et exploités et d'assurer leur défense, quelles que soient leur nationalité, leur position politique ou religieuse. En particulier, elle a pour objet de combattre le racisme. La Cimade est une forme du service que les Eglises veulent rendre aux hommes, au nom de l'Evangile libérateur. Elle travaille en liaison avec le Conseil œcuménique des Eglises, la Fédération protestante de France, l'Eglise orthodoxe en France et collabore avec divers organismes catholiques et laïques, notamment au service des réfugiés, des travailleurs migrants, des détenus et des peuples des pays en voie de développement.* »

Citoyens du Monde, 15, rue Victor-Duruy — 75015 Paris.

Tél. : 01 45 31 29 99. Fax : 01 48 28 57 90.

e-mail : citmonde@worldnet.fr

Périodique : « Citoyens du monde », trimestriel.

« *Dans le monde entier, un nombre croissant d'hommes et de femmes, et parmi eux d'éminentes personnalités, se déclarent aujourd'hui Citoyen du Monde. Tous aspirent à la sauvegarde de la vie menacée et ressentent le besoin d'une organisation du monde efficace respectant les personnes, les peuples et les équilibres naturels.* »

Cœur de Femmes, 4, rue Fulton — 75013 Paris.

Tél. : 01 45 83 52 72. Fax : 01 44 24 81 12.

Date de création : 1993. Personne à contacter : Mona Chasserio, fondatrice.

La « Maison Cœur de femmes » accueille « les femmes en situation de grandes exclusions et s'attache à les doter de fondements solides nécessaires à leur reconstruction afin qu'elles-mêmes s'extraient du circuit de l'exclusion ».

Collectif contre l'Enfouissement des Déchets RadioActifs (CEDRA), B.P. 17 — 52101 Saint-Dizier cedex.

Tél.-fax : 03 25 04 91 41.

e-mail : Michel.MARIE8@wanadoo.fr

Date de création : 1994. Périodique : « La lettre du CEDRA. » Personne à contacter : Michel Marie.

Le Collectif contre l'Enfouissement des Déchets RadioActifs milite pour une « terre vivante, une terre sans déchets nucléaires ».

(La) Croix Bleue, 47, rue de Clichy — 75009 Paris.

Tél. : 01 42 85 30 74 et 01 48 74 85 22.

Fax : 01 45 26 11 13.

e-mail : cbleue@club-internet.fr

Date de création : 1877 en Suisse et 1883 en France. Périodique : « Le Libérateur », mensuel. Personne à contacter : Bernard Leday, président de la Croix Bleue.

« *L'action de la Croix Bleue se situe à travers deux objectifs qui sont la prévention et l'aide à la guérison de l'alcoolisme. Elle prévient en informant du risque de l'alcool, en luttant contre les causes et en proposant des mesures aux niveaux individuel et collectif auprès des responsables politiques, sociaux, religieux...* »

Droit au Logement (DAL), 8, rue des Francs-Bourgeois — 75003 Paris.

Tél. : 01 42 78 22 00. Fax : 01 42 78 22 11.

e-mail : dal@globenet.org — site web : http://www.globenet.org/DAL

Date de création : 1990. Périodique : « Info DAL », mensuel. Personne à contacter : Jean-Baptiste Eyraud, président de DAL.

« *Droit au Logement agit contre les expulsions sans logement ; pour l'application de la loi de réquisition sur les logements et immeubles vacants appartenant aux collectivités locales, aux institutionnels (administrations et entreprises nationalisées) et aux gros propriétaires, notamment ceux qui ont spéculé dans l'immobilier ces dernières années ; pour l'information, la promotion de toute action ayant pour but de remédier aux problèmes des mal-logés et des sans-logis.* »

Fédération de Liaisons Anti-Corrida (FLAC), B.P. 16 — 34301 Agde cedex.

Tél.-fax : 04 67 37 79 31.

Date de création : 1993. Périodique : « Le Pavé dans l'Arène », trimestriel. Personnes à contacter : Josyane Querelle (présidente), Nathalie Merchez (vice-présidente).

Née au lendemain des Journées européennes anti-corrida en 1993, la Fédération de Liaison Anti-Corrida s'insurge contre la « torture et la mise à mort-spectacle » infligées aux taureaux de corrida.

(Les) Foyers Matter, 10, rue des Martyrs — 75009 Paris.

Tél. : 01 45 26 75 64. Fax : 01 40 16 93 38.

Date de création : 1982 (fusion de deux anciennes associations, « Œuvres Etienne Matter » et « Le Foyer du jeune libéré »). Personne à contacter : Maurice de Bary, président de l'association.

Les Foyers Matter assurent l'« accueil, l'hébergement, la réadaptation d'hommes majeurs libérés de prison, probationnaires, sous contrôle judiciaire ou condamnés à des peines de substitution ; la prise en charge d'adolescents de 13 à 21 ans en difficulté, confiés par les juges pour enfants ou par l'aide sociale ».

France Terre d'Asile, 25, rue Ganneron — 75018 Paris.

Tél. : 01 53 04 39 99. Fax : 01 53 04 02 40.

e-mail : FTDAParis@aol.com — site web : http://www.ftda.net

Date de création : 1971. Périodiques : « La lettre d'information — Le Courrier », trimestriel ; « ProAsile », semestriel. Personne à contacter : Pierre Henry, directeur de France Terre d'Asile.

« *France Terre d'Asile a pour mission l'accueil et l'orientation des demandeurs d'asile et des réfugiés en France. Elle coordonne et anime, par convention avec le ministère de l'Emploi et de la Solidarité, le Dispositif National d'Accueil regroupant plus de 80 centres d'accueil et d'hébergement. Depuis peu (...), France Terre d'Asile gère la première structure d'accueil spécifique pour les mineurs isolés demandeurs d'asile.* »

(La) Fraternité spirituelle des Veilleurs, Les Abeillères — 30270 Saint-Jean-du-Gard.

Date de création : 1923. Périodique : « Veillez », trimestriel. Personne à contacter : Daniel Bourguet.

« *Les Veilleurs sont une fraternité spirituelle fondée en 1923 sous l'impulsion de Wilfred Monod. Elles rassemblent des chrétiens de tous âges et de toutes conditions, hommes et femmes, ecclésiastiques ou laïques, qui veulent se soutenir mutuellement pour suivre plus fidèlement Jésus-Christ dans l'esprit des Béatitudes : Joie Simplicité Miséricorde.* »

Greenpeace, 21, rue Godot-de-Mauroy — 75009 Paris.

Tél. : 01 53 43 85 85. Fax : 01 42 66 56 04.

e-mail : greenpeace.groupelocalparis @wanadoo.fr

Date de création : 1979. Périodique : « Greenpeace magazine » (4 numéros par an). Personne à contacter : Juan Piquemal.

« Viscéralement non-violente, Greenpeace est une organisation indépendante de tout parti politique. Elle ne sollicite d'intervention financière ni des gouvernements, ni des industries. Ses fonds proviennent presque exclusivement de ses quelque 3 millions de sympathisants, répartis dans 160 pays dans le monde. Cette autonomie lui permet de mener des actions contre les autorités politiques et les entreprises qui, par laxisme ou par soif de profit, détruisent inlassablement notre environnement. »

Ligue Française des Droits de l'Animal, 39, rue Claude-Bernard — 75005 Paris.

Tél. : 01 47 07 98 99. Fax : 01 47 07 99 98. Minitel : 3615-ANIMADROIT.

e-mail : Ifda@league-animal-rights.org — site web : league-animal-rights.org

Date de création : 1977 en tant qu'association et 1999 en tant que fondation. Périodique : « Bulletin d'Informations », mensuel. Personne à contacter : Jean-Claude Nouët, président de la fondation.

Le but de la Ligue Française des Droits de l'Animal est d'assurer « la reconnaissance de

la personnalité juridique de l'animal. Cet objectif ne consistera plus à obtenir une "modification" du Code Civil, mais sa transformation, son bouleversement. C'est à cela que la Ligue consacrera ses réflexions et ses travaux, et pour plusieurs années encore ».

(La) Maison de Vigilance, 134, route de Béthemont — 95150 Taverny.

Tél. : 01 39 95 68 28.

Date de création : 1982. Personne à contacter : Solange Fernex.

Installée en face du poste de commandement de l'armement nucléaire français de Taverny, la « Maison de Vigilance » voudrait être un lieu « où l'on reste éveillé à la permanence du danger nucléaire et où l'on propose des alternatives de défense conciliables avec les valeurs de la non-violence ». Elle organise chaque année, au mois d'août, un « jeûne d'interpellation », en souvenir des bombardements d'Hiroshima et Nagasaki.

Mouvement Chrétien pour l'Ecologie et la Protection Animale (MCEPA), B.P. 4 — 69530 Orlienas.

Tél.-fax : 04 72 31 19 56.

e-mail : mcepa@wanadoo.fr — site web : http://perso.wanadoo.fr/mouvchret.eco.protecanima-mcepa

Date de création : 1990. Président-fondateur : Charles Walther.

« Le MCEPA a pour but de provoquer partout, mais principalement au sein des Eglises

chrétiennes, une prise de conscience de la responsabilité de l'homme dans la destruction de la nature et la souffrance des animaux ; un changement profond des mentalités et des comportements, pour aboutir au respect de la Création dans son intégrité. »

Mouvement contre le Racisme et pour l'Amitié entre les Peuples (MRAP), 43, bd de Magenta — 75010 Paris.

Tél. : 01 53 38 99 99. Fax : 01 40 40 90 98.

e-mail : mrap@ras.eu.org

Date de création : 1949. Périodiques : le mensuel « Différences » et « La lettre du Secrétariat ». Personne à contacter : Mouloud Aounit, secrétaire général du MRAP.

« *Depuis 50 ans, le Mouvement contre le racisme et pour l'amitié entre les peuples s'engage pour faire avancer l'égalité entre tous et le respect humain. Par l'Education et la Justice, il tente au quotidien de faire échec au racisme et de relier les hommes, les peuples.* »

Mouvement International de la Réconciliation (MIR) (branche française de l'International Fellowship of Reconciliation, IFOR), 68, rue de Babylone — 75007 Paris.

Tél.-fax : 01 47 53 84 05.

e-mail : mirfr@club-internet.fr — site web : http://www.multimania.com/mirfr

Date de création : 1923. Périodique : « Les Cahiers de la réconciliation », trimestriel. Personnes à contacter : Christine Desfilhes (secrétaire) ou Christian Renoux (président).

« *Le MIR est engagé pour la promotion de la non-violence inspirée de l'Evangile, dans l'esprit interreligieux de l'IFOR. Il offre des formations à la non-violence, en France et à l'étranger, et coordonne, à la demande de la Fondation Appel des Prix Nobel de la paix, le travail des ONG françaises pour la "Décennie de la promotion d'une culture de la non-violence et de la paix au profit des enfants du monde" (2000-2010), votée par l'Assemblée générale de l'ONU le 10 novembre 1998.* »

(L')Œuvre d'assistance aux bêtes d'abattoir (OABA), Maison des Vétérinaires, 10, place Léon-Blum — 75011 Paris. Tél. : 01 43 79 46 46. Fax : 01 43 79 64 15.

Date de création : 1961. Personne à contacter : Jacqueline Gilardoni, présidente-fondatrice de l'OABA.

« *Le but de l'OABA est de défendre les animaux de consommation au stade de l'élevage, des parcages, des marchés, des transports, de l'abattage, et ceci tant par l'obtention de lois que par le contrôle de leur application. Nous faisons des enquêtes, procès, et entretenons des contacts avec les administrations et organismes compétents.* »

Rassemblement des Opposants à la Chasse (ROC), B.P. 261 — 02106 Saint-Quentin cedex.

Tél. : 03 23 62 31 37. Fax : 03 23 67 01 49.

e-mail : en cours.

Date de création : 1976. Périodiques : « L'Echo du Roc », réservé aux adhérents. Personne à contacter : Nelly Boutinot, secrétaire générale du ROC.

Le Roc œuvre pour la reconnaissance « de droits pour les non-chasseurs, pour le respect des espèces animales, et pour la prise en compte de l'individu animal ».

Réseau Sortir du nucléaire, 9, rue Dumenge — 69004 Lyon.

Tél. : 04 78 28 29 22. Fax : 04 72 07 70 04.

Site web : http ://www.sortirdunucleaire.org

« La charte du Réseau "Sortir du nucléaire" réclame l'arrêt des projets d'enfouissement des déchets radioactifs ; l'arrêt du retraitement du combustible usé à la Hague et de l'utilisation du plutonium à des fins énergétiques (combustible Mox) ; l'arrêt des exportations d'électricité et de toute technologie nucléaire ; le non-renouvellement du parc nucléaire ; la fermeture des réacteurs en fonctionnement. »

Secours Catholique — Caritas France, 106, rue du Bac — 75341 Paris cedex 07.

Tél. : 01 45 49 73 00. Fax : 01 45 49 94 50.

e-mail : nom du service ou de la ville de délégation@secours-catholique.asso.fr

Date de création : 1946. Périodiques : « Messages du Secours Catholique », mensuel à destination des donateurs ; « Presse

Infos », trimestriel à destination des médias ; Statistiques de pauvretés éditées chaque année à l'occasion de la journée nationale (le 3e dimanche de novembre). Président : Joël Thoraval.

« Association caritative de type généraliste, le Secours Catholique, par l'intermédiaire de plus de 77 000 bénévoles dans 4 183 équipes locales, répond aux besoins d'urgence et accompagne dans leurs démarches et leurs projets les personnes en difficulté. Au niveau international, le Secours Catholique, en plus des aides d'urgence, soutient des projets de développement à travers le réseau Caritas Internationalis. »

Société Nationale de la Protection de la Nature (SNPN), 9, rue des Cels — 75014 Paris.

Tél. : 01 43 20 15 39. Fax : 01 43 20 15 71.

e-mail : snpn@wanadoo.fr

Date de création : 1854. Périodiques : « La Terre et la Vie », revue d'écologie, trimestrielle, et « Le Courrier de la Nature », bimestriel. Personne à contacter : François Ramade (président) et Marc Gallois (directeur).

« La SNPN a pour mission la protection des milieux naturels et des espèces animales et végétales sauvages. »

Société Nationale pour la Défense des Animaux (SNDA), B.P. 30 — 94301 Vincennes cedex.

Tél. : 01 43 43 43 32.

Site web : http ://www.declaration-important.org.

Date de création : 1972. Périodique : « Dynamique », journal d'informations. Responsable à contacter : Andrée Valadier, présidente-fondatrice.

« La SNDA a pour objet la lutte contre les souffrances infligées aux animaux. Son but est de faire prendre conscience qu'un animal est un être qui vit, qui pense, qui souffre (...), un être vivant à part entière qui, comme tel, doit être respecté. »

Union pacifiste, B.P. 196 — 75624 Paris cedex 13.

Tél. : 01 45 86 08 75. Fax : 01 45 86 49 71.

e-mail : union.pacifiste@wanadoo.fr — site web : http://web.logipro.com/upf/

Date de création : 1961. Périodique : « Unionpacifiste ». Personne à contacter : Maurice Montet, secrétaire de l'association.

Les membres de l'Internationale des Résistants à la guerre, dont l'Union pacifiste est la section française, déclarent que « la guerre est un crime contre l'humanité » et s'engagent à « n'aider aucune espèce de guerre et à lutter pour l'abolition de toutes ses causes ».

ŒUVRES DE THÉODORE MONOD

Le Livre des Martyrs, « Vie des saints », extrait du martyrologe protestant de Jean Crespin, La Cause, Neuilly, 1930.

L'Adrar Ahnet : contribution à l'étude archéologique d'un district saharien, Institut d'ethnologie, Paris, 1932.

Méharées, explorations au vrai Sahara, Je sers, 1937 ; deuxième édition 1947 ; nouvelle édition Actes Sud, Arles, 1989 ; « Babel » n° 102.

Livre de Prières (tiers-ordre des Veilleurs), Labor et Fides, Genève, 1937.

Bathyfolages, plongées profondes, Julliard, Paris, 1954 ; nouvelle édition (*Plongées profondes*) Actes Sud, Arles, 1991.

Les Déserts, Horizons de France, Paris, 1973.

Notes sur Georges Glas (1725-1765), fondateur du port Hillsborough (Sahara marocain), Anuario de Estudios atlánticos, Madrid-Las Palmas, 1976.

De Tripoli à Tombouctou : le dernier voyage de Laing, 1825-1826, Geuthner, 1977.

L'Ile d'Arguin (Mauritanie), essai historique, Centro de Estudos de cartografía antiga, Lisbonne, 1983.

L'Emeraude des garamantes, souvenirs d'un saharien, première édition L'Harmattan, Paris, 1984 ; nouvelle édition Actes Sud, Arles, 1992.

Désert libyque (Notes de voyage), Etudes sahariennes et ouest-africaines, Nouakchott/Paris, 1989.

Sortie de secours, coll. « Les Raisons de la colère », Seghers, Paris, 1991 ; nouvelle édition à paraître chez Grasset.

Ballade de mes heures africaines, édition Babel, Mazamet, 1993.

Vie et mort au désert, entretien avec Catherine Béchaux, coll. « Petit Point », Seuil, Paris, 1993.

L'Hippopotame et le Philosophe, nouvelle édition, Actes Sud, Arles, 1993.

Désert libyque, éd. Artaud, Paris, 1994.

Maxence au désert, Actes Sud, Arles, 1995.

Terre et ciel, entretiens avec Sylvain Estibal, Actes Sud, Arles, 1997 ; deuxième édition « Babel », Actes Sud, Arles, 1998.

Thesaurus, Actes Sud, 1997.

Les Carnets de Théodore Monod, rassemblés par Cyrille Monod, Le Pré aux Clercs, 1997 ; nouvelle édition Presses Pocket.

En collaboration :

« *Le Monde noir* », numéro spécial de *Présence africaine,* dirigé par Théodore Monod, Paris, mars 1950.

Antoine Risso 1737-1845, avec J.-C. Hureau *et al.*, Nice, 1978.

La Caravane du sel, avec J.-M. Durou et Joël Jaffre, Denoël, Paris, 1978.

Sahara, désert magique, avec J.-M. Durou, AGEP, Marseille, 1986.

Déserts, avec J.-M. Durou, AGEP, Marseille, 1988.

Mémoires d'un naturaliste voyageur, avec I. Jarry et J.-M. Durou, AGEP, Marseille, 1990.

Le Fer de Dieu, histoire de la météorite de Chinguetti, avec B. Zanda, Actes Sud, Arles, 1992.

Majâbat al-Koubrâ, avec Marc de Gouvenain, Actes Sud, Arles, 1996.

Botanique au pays de l'encens, avec J.-M. Bel, Solibel-APAY, Maisonneuve et Larose, Bruxelles, 1996.

Une vie de saharien, avec J.-M. Durou et S. Estibal, éd. Vents de sable, 1998.

Nombreux textes de l'auteur dans :

Théodore Monod, par Isabelle Jarry, Plon, Paris, 1990 ; Payot, Paris, 1993.

Monsieur Monod, scientifique, voyageur et protestant, par Nicole Vray, Actes Sud, Arles, 1994.

Le chercheur d'absolu, par Martine Leca, Le Cherche Midi éditeur, Paris, 1997 ; nouvelle édition Folio, Gallimard, Paris.

Table

Théodore Monod dans Le Livre de Poche

Et si l'aventure humaine devait échouer n° 15215

L'histoire humaine, c'est celle d'une espèce qui peu à peu prend le pas sur les autres. L'homme invente l'outil, maîtrise le feu, explore, conquiert, comprend. En quelques millénaires d'une progression fulgurante, il devient le roi de la création. Pourtant, cette histoire peut prendre fin. En déséquilibrant son rapport avec la nature, en s'engageant dans l'aventure criminelle et folle du nucléaire, l'homme démontre aussi son incapacité à dépasser en lui la pulsion de violence et de mort. Oui : aujourd'hui, nous le savons, l'aventure humaine peut échouer. Tour à tour géologue, botaniste, archéologue, homme d'engagement et de foi, Théodore Monod aborde ici cette question dans toutes ses dimensions. Le savant éclaire les rapports profonds et complexes entre l'homme et la biosphère. Le croyant nous incite à devenir vraiment humains ; le militant de la non-violence, à nous révolter contre la folie des gouvernements, et aussi contre toute notre propre passivité... Au seuil d'un nouveau millénaire, cet essai rigoureux, écrit à l'intention d'un large public, donne quelques repères essentiels. Et s'il sonne l'alarme, il nous rappelle aussi qu'il reste une place pour l'espérance.